EUDOXIE,

FILLE

DE BELISAIRE.

Tom. 2.

J'ai connu les grandeurs, je ne
désire plus que le repos.

EUDOXIE,

FILLE

DE BELISAIRE,

Roman Historique, traduit de l'Espagnol,

Par Toussaint LARDILLON.

TOME SECOND.

A PARIS,

Chez COTTIN, Imprimeur, rue des
Postes, N°. 1 et 9.4.

AN XI. — 1802.

EUDOXIE,

FILLE DE BELISAIRE.

SUITE

DU
LIVRE QUATRIEME.

LE fidèle Evanius, qui avait pris
soin de Maximius dès son enfance,
s'acquitta scrupuleusement de sa
commission; il donnait dans toutes
les maisons le nom et le signale-
ment de ce jeune homme; il ignorait qu'il eût pris le nom de Damasius. Voyant toutes ses recherches inutiles, il se détermina à se
présenter chez Bélisaire, et ce fut
Maximius qui lui ouvrit la porte.

Quel fut son étonnement à la vue d'Evanius ! il resta interdit et n'eut pas la force de lui demander à qui il desirait parler La pâleur qui couvrit son visage déjà défiguré, le rendit tout-à-fait méconnaissable aux yeux d'Evaniu qui lui demanda si ce n'était pas dans cette maison que logeait Bélisaire. Maximius certain de n'avoir point été reconnu, revint de son trouble, lui répondit avec assurance, le fit entrer et le présenta à Bélisaire.

Les esclaves ont coutume d'affecter devant les étrangers les sentimens et les manières de leurs maîtres, il ne fut pas difficile de juger par les discours d'Evanius que les parens de Maximius n'attribuaient la disgrace de Bélisaire qu'à la hauteur d'Antonine. Il ne put se défendre de la plus vive émotion en voyant ce héros privé de la vue et réduit à la misère. Après avoir accordé quelques instans au sentiment pénible qu'un tel spectacle

lui inspirait, il s'exprima ainsi :
Bélisaire, vous avez sans doute été
instruit de l'amour de Maximius,
fils de Septimius pour Eudoxie
votre fille, et des extravagances
que sa passion lui a fait commettre. Vous n'ignorez probablement
pas que sur la plainte d'Antonine
votre épouse, ce jeune homme a
été mis en prison. Ses parens ont
appris qu'il en était sorti le jour
de la révolte; mais ne l'ayant point
vu depuis, et n'ayant pu le découvrir, malgré toutes leurs recherches, ils ont imaginé qu'il
pouvait s'être présenté chez vous ;
ils m'ont chargé de venir m'en informer, et de vous prier de pardonner à leur tendresse l'indiscrétion que vous pourriez remarquer
dans leur conduite.

Loin qu'ils me doivent des excuses, lui dit Bélisaire, je suis ravi
de la commission qu'ils vous ont
donnée. Vous me rappelez le souvenir d'un jeune homme que j'aime
et que j'estime infiniment. Que ne

A 2

puis-je lui témoigner ma reconnaissance du zèle avec lequel il a cherché à prévenir mes malheurs ! Mais hélas ! je suis aveugle, je n'aurai jamais le bonheur de le voir. Je n'ai pas même eu la consolation d'en entendre parler, depuis que j'ai su qu'il était en prison. J'ignore s'il est venu ici, et je ne crois pas qu'Eudoxie en sache plus que moi. — Non, mon père, répondit Eudoxie avec émotion, je ne l'ai point vu, et je n'ai pas ouï parler de lui.

Quelle délicieuse jouissance éprouvait Maximius en apprenant la tendre sollicitude de ses parens, en découvrant les sentimens de Bélisaire, et en voyant avec quelle assurance Eudoxie disait de ne l'avoir point aperçu ! Je vais donc, reprit Evanius, faire part à ses parens de votre réponse. Mille pardons de mon importunité. — Vous pouvez leur certifier, ajouta Bélisaire, que je n'ai eu près de moi que ce pauvre jeune homme que vous voyez ; il se nomme Damasins, et il est de la ville d'Estérobée.

A ces mots, Maximius, qui cherchait à éviter les regards d'Evanius, fut saisi de crainte, surtout, lorsque cet esclave jeta les yeux sur lui, en disant : c'est bien la même taille ; mais ce n'est point ce pauvre que je cherche ; c'est Maximius. Je n'ai pas besoin, Bélisaire, de recevoir d'autres assurances de vous. Evanius sortit, et rendit ainsi la tranquillité à Maximius. Il ne pouvait se rappeler les paroles de Bélisaire, sans tressaillir de joie, et il ne doutait plus qu'il ne consentît à son bonheur ; mais il résolut de ne pas quitter son déguisement avant de s'être assuré des sentimens d'Eudoxie. Il ne tarda pas à voir ses désirs satisfaits ; car, dès qu'Evanius fut sorti , Bélisaire dit à Eudoxie : ô ma fille ! que j'aurais eu de plaisir à voir Maximius, à le remercier de ses soins généreux, et à couronner votre amour en vous unissant à lui. Mais le sort a tout changé, et nous l'avons, peut-être, perdu pour toujours. — Quel est donc, lui dit le prétendu Damasius avec la plus vive émotion, quel est donc ce jeune Maximius, pour qui vous témoignez tant d'estime ? — C'est un jeune homme d'une des plus anciennes familles de Constantinople : il était éperduement amoureux d'Eudoxie, et il en était aimé ; mais j'ignorais leur inclination, et je la promis à Basilide. — Au fils du général Basilide ? — A lui-même. — Comment donc ce mariage n'a-t-il pas eu lieu ? — Mon fils, j'ai été disgracié, et Basilide a bientôt oublié ses promesses. — Je n'en suis point étonné, répondit Damasius, il est rare de trouver des amans qui ne soient point effrayés de l'adversité ; mais cet esclave n'a-t-il pas dit qu'Antonine avait fait emprisonner Maximius ? —

Hélas ! Antonine qui ne regardait qu'avec mépris son amour pour

ma fille, lui interdit l'entrée de
sa maison ; mais dès qu'il fut in-
formé des malheurs qui me mena-
caient, il ne craignit pas de s'in-
troduire déguisé en marchand, et
feignant de connaître l'astrologie,
il prédit ma disgrace, et il fit les
plus fortes instances pour qu'on me
dépêchât en secret quelqu'un qui
pût m'avertir de me mettre en sû-
reté. Le hasard le fit malheureusement reconnaître, et il fut emprisonné sur la plainte d'Antonine. —
Pauvre Maximius ! s'écria Damasius : que son sort m'intéresse ! —
Je n'ai rien négligé pour obtenir
sa liberté ; mais toutes mes démarches et mes prières ont été inutiles. Ah ! je tremble, mon fils, qu'il
n'ait été victime de la sédition. —

Ce serait grand dommage , et
je ne puis le croire ; ses parens le
sauraient , et ils ne le feraient pas
chercher avec tant de soin. Il se
sera probablement éloigné pour
n'être pas témoin du mariage d'Eudoxie ; et elle doit en être affligée,

si elle payait d'un tendre retour les sentimens qu'elle lui avait inspirés. Eudoxie, qui écoutait en silence et avec intérêt les discours du prétendu Damasius, répondit : je l'ai aimé, tant que mon amour a pu s'accorder avec mon devoir. — Quelles sont donc, reprit-il avec vivacité, les conventions qui peuvent détruire l'amour ? Il paraît, si je ne me trompe, que vous ne l'aimez plus ? — Je conserverai toujours pour lui la plus vive reconnaissance. — Hésiteriez-vous aujourd'hui à lui accorder votre main ? — Si mon père daignait y consentir, je n'aurais pas d'autre époux que le fidèle et généreux Maximius. — Si je daignais y consentir ! reprit Bélisaire. Ah ! ma chère Eudoxie ! Que ne puis-je faire ton bonheur en lui prouvant ma reconnaissance ! mais l'infortune éloigne ordinairement l'amour et l'amitié ; et depuis notre disgrace, Maximius nous a peut-être oubliés.

D'après

D'après ce que je viens d'apprendre, dit alors Damasius, je suis convaincu que Maximius n'a point changé de sentimens. Il vous a donné de trop grandes preuves de son amour ; et si Eudoxie le désirait, je ne crains pas d'avancer que je pourrais la convaincre de la vérité de ce que je dis. Eudoxie, frappée de la confiance avec laquelle il s'expliquait, et du sourire qui accompagnait ses discours, rouvrit son cœur à l'espérance, sans se douter qu'elle parlait à son amant. Comment, lui dit-elle, pourriez-vous m'en donner des preuves ? Connaîtriez-vous par hasard le lieu de sa retraite ? Ah ! le plaisir de le revoir, serait ma plus douce consolation. — Ciel ! Qu'entends-je ? s'écria Maximius. Pourrais-je encore rester plus long-tems inconnu ? O ma chère Eudoxie ! c'est votre fidèle Maximius que vous voyez à vos pieds. A l'instant, il découvrit son visage, et il acheva par ses caresses et par ses larmes, de la convaincre de son bonheur.

Eudoxie ne pouvait revenir de son étonnement, elle ne pouvait suffire à l'excès de sa joie; à peine eût-elle la force de s'écrier. Que vois-je? Ciel! Maximius...!—Qu'est-il donc arrivé? demanda Bélisaire avec impatience. Que dites-vous? Maximius est ici?—Oui, c'est lui-même, répondit Maximius; c'est lui qui a eu le bonheur de vous servir sous le nom de Damasius. J'ai eu recours à ce déguisement, pour convaincre Eudoxie de la constance de mon amour. — Ah! s'écria Bélisaire, combien je souffre en ce moment d'être privé de la vue! Viens, mon fils; que j'aie du moins la consolation de te serrer dans mes bras, de te payer le tribut de reconnaissance que je dois à Maximius et à Damasius. —Illustre Bélisaire! répondit Maximius, qu'il est doux pour mon cœur de recevoir ce témoignage de votre tendresse!

Il se dégagea des bras de Bélisaire , et , s'adressant à Eudoxie,
qui s'abandonnait à l'ivresse de sa
joie ; c'est pour la vie que je suis à
vous , Eudoxie ; et ces douces larmes
que je vous vois répandre , mettent
le comble à mon bonheur. — O généreux Maximius ! unique soutien
de mon tendre père ! — Souffrez,
Eudoxie , que , prosterné à vos
pieds, je vous jure un amour éternel. — Levez-vous , de grâce , le-
vez - vous ; ce serait à moi d'embrasser vos genoux , en vous remerciant de vos soins pour mon malheureux père. —

Viens ici, mon cher fils , lui dit
Bélisaire ; je ne puis différer plus
long-tems de m'acquitter envers
toi , en te donnant la main de ma
fille. — Ah, Bélisaire ! je ne puis
vous entendre sans éprouver que
la joie fait aussi répandre des larmes. — Viens , ma chère Eudoxie !
approchez, Maximius ; que votre
père confirme sa promesse. Ils se
prosternèrent aux pieds de Bélisaire

qui leur donna sa bénédiction. Ils ne
pouvaient s'exprimer que par leurs
larmes ; mais c'étaient les larmes
du bonheur. Bélisaire sentait couler
doucement sur son cœur celles que
ses yeux ne pouvaient plus répandre. Domitile ne fut pas insensible
à cette scène ; elle voyait les tendres regards de ces deux amans ;
elle recueillait leurs soupirs ; elle
entendait les actions de grâce qu'ils
rendaient à Bélisaire qui venait de
combler leurs vœux.

Ce bon père désirait savoir comment il avait rencontré Maximius
au sortir de sa prison, pourquoi ce
jeune homme s'était déguisé en
mendiant, et pourquoi il était resté
si long-tems avec eux sans se faire
connaître. Maximius lui rappela ce
qu'il lui avait dit en sortant de la
ville, qu'Eudoxie l'avait chargé de
lui donner des nouvelles de son père,
et que, pour y parvenir, il était
allé se poster près de la prison. Il
raconta la manière dont les sédi-
tieux lui avaient rendu la liberté,

et comment, après avoir découvert par leur moyen, l'endroit où
l'on avait conduit Antonine et Eudoxie, il s'était déterminé à les
rejoindre, sans prendre le tems d'aller calmer les inquiétudes de ses
proches; que dans la crainte qu'Antonine ne refusât ses services, il avait
imaginé de se déguiser en mendiant,
sous le nom de Damasius; qu'il avait
souvent été tenté de se faire connaître, et qu'il avait été singulièrement troublé à la vue d'Evanius,
qui avait accéléré son bonheur, en
le mettant à portée de s'assurer de
leurs sentimens.

Bélisaire l'engagea à ne pas différer d'aller tranquilliser ses parens
sur son sort. Maximius avait peine
à se rendre à ses instances; il craignait que sa famille ne s'opposât
a son mariage; mais il ne balança
plus quand Eudoxie lui eût témoigné qu'elle verrait avec peine qu'il
se refusât aux prières de son père.
Son départ fut fixé au lendemain.

Bélisaire, Eudoxie et Domitile ne cessaient de se rappeler tout ce que Maximius avait fait pour eux. Leur souper fut plus gai ; les mets les plus simples, leur parurent exquis. La nuit se passa dans les plus doux souvenirs, qui leur firent presqu'oublier leurs malheurs, et calmèrent le chagrin qu'ils ressentaient de la perte d'Antonine. Eudoxie devint plus tranquille, en s'entretenant avec Domitile de son cher Maximius, de la constance de son amour, et des excellentes qualités qui le lui rendaient de jour en jour plus cher.

Ils ne furent pas plutôt levés, que Bélisaire rappela à Maximius la promesse qu'il leur avait faite. Quelque pénible qu'il fût pour lui de se séparer si promptement de sa chère Eudoxie, il ne put s'y refuser ; mais il leur observa qu'il allait reprendre son déguisement, et que c'était ainsi qu'il voulait se présenter dans la maison de son père. Ils y consentirent volontiers, quoi-

qu'ils en ignorassent le motif ; et
Maximius reprit si gaiement ses ha-
bits de mendiant , qu'Eudoxie prit
plaisir à ajuster le mouchoir qui
lui ceignait la tête , et à lui cacher
le visage avec ses cheveux. Après
avoir reçu leurs embrassemens , il
partit pour Constantinople. A peine
Eudoxie l'eût-elle perdu de vue,
qu'elle ne pût se défendre des plus
vives inquiétudes ; elle fit part à
Bélisaire de la crainte qu'elle éprouvait , que les parens de Maximius
ne s'opposassent à leur union. Ce
tendre père chercha à la rassurer,
et il lui proposa , pour la distraire,
d'aller prendre l'air au jardin. Domitile les y accompagna , et ils s'assirent sous une treille qui les ga-
rantissait des rayons du soleil.

Bélisaire , après s'être placé entre sa fille et Domitile, leur dit :
je ne puis jouir , comme vous, du
plaisir d'admirer les beautés de la
nature ; mais les jouissances de l'i-
magination dédommagent de la privation de la vue. Les rêves nous pro-

curent souvent plus de plaisir que
la réalité, et je me représente peut-
être tous les objets qui nous envi-
ronnent beaucoup plus agréables
que vous ne les voyez; mais je jouis
ainsi que vous, du doux chant des
oiseaux et de la fraîcheur de l'air;
le zéphir m'apporte, comme à vous,
le parfum des fleurs, et je goûte
enfin les douceurs de la paix et de
la tranquillité après laquelle mon
âme soupirait au milieu du bruit
des armes et au sein des périls où
les hommes s'exposent pour acquérir des honneurs, des richesses, de
la gloire, sans jamais trouver le
bonheur. Il est flatteur, j'en conviens, de gagner des batailles, de
conquérir des royaumes, d'obtenir les honneurs du triomphe, de
voir à ses pieds des rois captifs, d'ê-
tre comblé des louanges des soldats
et du peuple, et de remplir l'univers de son nom ; mais toutes ces
jouissances que j'ai éprouvées, ne
valent pas le calme qui règne dans
cette solitude. Le triomphe le plus

éclatant ne procure pas un plaisir
aussi pur et aussi solide que celui
de la contemplation de la nature,
lorsqu'on est libre de toute inquiétude et exempt de tout danger.

Dès que les hommes se sont écartés
de l'ordre simple et uniforme de la
nature, ils ont détruit leur bonheur
réel pour courir après un bonheur
imaginaire, fruit de l'ambition et
des préjugés qui leur ont fait aigui-
ser le fer pour opprimer leurs semblables ; car, c'est en dépouillant
son voisin du champ qu'il cultivait,
c'est en le chassant de la ville qu'il
habitait, qu'on s'attire le surnom
de fort et de courageux ; de-là naissent les honneurs, les triomphes,
les dignités qui établissent l'inéga-
lité entre les hommes.

O combien grande est l'erreur
de ceux qui renoncent aux douceurs de la vie privée, et dédai-
gnent de cultiver le champ de leurs
pères, pour courir après ce fantô-
me de bonheur ! Que ne peuvent-
ils connaître mon état ! Je leur offri-

rais un exemple frappant de l'inconstance de la fortune et du peu
de stabilité de ces biens qu'ils re-
cherchent avec tant d'ardeur. Ils
verraient que je suis plus heureux
dans cette chaumière et à l'ombre
de ce feuillage, que je ne l'étais,
lorsque, sur un char de triomphe,
je conduisais prisonniers le roi Gélimer et sa famille. Je suis débar-
rassé des fatigues et des dangers
de la guerre, et des soins pénibles
du commandement ; je ne suis plus
exposé aux traits de l'envie ; je vis
tranquille dans les bras de ma fille
et de la vertueuse Domitile, et je
me vois enfin rendu à l'état primi-
tif et au genre de vie auquel l'homme a été destiné par l'auteur de la
nature. J'espère, ma chère Eudoxie, que vous cesserez de vous livrer à la tristesse ; et qu'au lieu de
regretter les biens que nous avons
perdus, vous sentirez que nous pouvons faire notre bonheur dans cet
asyle.

Toutes ces réflexions, mon père, s'accordent parfaitement avec celles que Domitile m'a souvent faites avant notre disgrace. Elle ne cessait de me dire que l'homme ne peut trouver le bonheur hors de lui-même, que la vertu seule peut le procurer, et qu'on le chercherait vainement au sein de l'opulence et des grandeurs. — Tu te trouves donc heureuse, ma chère fille, dans la position où le sort nous a réduits ? — si je possédais encore ma mère, je n'aurais rien à désirer. — Je rends grâce à Domitile de t'avoir inspiré des principes dont tu as aujourd'hui un si grand besoin. —

Toutes les jeunes personnes n'en recueilleraient pas le même fruit, répondit Domitile; il en est peu qui aient autant de douceur dans le caractère et de justesse dans l'esprit qu'Eudoxie. Il en est beaucoup qui ne recevraient de pareils conseils qu'avec mépris, et ne les considéreraient que comme des réflexions fastidieuses et ridicules — Pour que les conseils puissent plaire, reprit Bélisaire, il faut qu'ils soient donnés à propos et qu'ils ne paraissent point étudiés. Il serait à souhaiter que chaque jeune personne eût une Domitile. Elles auraient plus de douceur, moins d'ambition, moins d'amour pour le luxe, et on verrait plus de mariages heureux. —

Je suis éloignée de croire, répondit Domitile, que toutes les jeunes personnes aient besoin d'une amie qui me ressemble. C'est, vous le savez, Amilius mon époux qui m'a inspiré ces sages principes. Elle fut interrompue par le bruit qu'on fit en frappant à la porte. Eudoxie et Domitile y accoururent, et voyant un vieillard accompagné d'un jeune homme, tous deux richement vêtus et demandant Bélisaire, elles les conduisirent dans le jardin et les lui présentèrent.

Bélisaire après avoir reçu leurs salutations, leur dit que la cécité

rendait naturellement curieux,
qu'il les priait de se nommer et
de lui apprendre ce qu'ils dési-
raient de lui. Je suis, répondit le
vieillard, Lucius Scipion, chez
qui vous avez daigné vous reposer
dans la ville d'Astabie. Bélisaire
n'eut pas plutôt entendu le nom
de Scipion, qu'il dit à Eudoxie :
ma fille, donnez-moi la main; que
je me lève pour saluer mon bienfaiteur. Scipion s'y opposa et le
pria de permettre qu'il s'assît à
côté de lui. — Volontiers, répondit Bélisaire ; je sens tout le
prix de la visite que vous faites à
un homme qui vous a tant d'obli-
gation. —

Je suis trop heureux, Bélisaire,
d'avoir pu vous donner un faible
témoignage de la vénération que
m'ont inspirée vos actions héroïques.—Toutes ces choses, Scipion,
sont actuellement dans l'oubli. —
Je souffre infiniment, en vous
voyant si malheureux. — Nous
observions il n'y a qu'un instant,

ma fille et moi, que nous ne le
sommes pas autant que nous le paraissons.

Pardon, Bélisaire ; je me suis
peut-être trompé quand j'ai cru
que la proposition que je viens
vous faire vous serait agréable. —
Quelle est-elle, je vous prie ? Bélisaire et sa fille ne peuvent qu'accepter avec reconnaissance tout ce
que l'humanité vous portera à leur
offrir. — Je vous le dirai donc ;
mais je désirerais auparavant savoir
si vous connaissez l'ancienneté de
ma famille. —

Ayant été élevé dans les camps
dès mon enfance, il me serait difficile, Scipion, de connaître toutes
les familles illustres de l'empire.
Je ne doute pas que la vôtre ne soit
fort ancienne ; mais son ancienneté
ne pourrait pas augmenter le prix
du service que vous vous proposez
de me rendre. L'homme vertueux
et bienfaisant est à mes yeux le
plus noble et le plus respectable. —
Vous n'ignorez pas, Bélisaire, que

chez tous les peuples on a toujours
fait cas de l'ancienneté des familles, et que pour acquérir la
noblesse, l'homme ne craint pas
de risquer sa vie au milieu des
combats. Je ne doute pas que vous
ne vous soyiez adonné aux armes
dès votre enfance, pour ajouter
un nouveau lustre et des diginités
à celles que vous avez reçue de vos
ancêtres. —

Il me suffit d'avoir possédé toutes ces choses, pour en connaître
la vanité : il est vrai que je me suis
exposé à mille dangers pour acquérir de la gloire, et je crois y avoir
réussi quelquefois ; mais croyez-
moi, Scipion : le vrai noble, c'est
l'homme sage qui regarde avec
indifférence tous ces avantages dont
les autres sont si vains. J'ai souvent
vu de simples soldats faire les actions les plus héroïques et les plus
dignes d'être récompensées par
des titres de noblesse; ils n'ont cependant obtenu aucun avancement

malgré mes recommandations, et ils sont restés dans la misère.

J'ai vu au contraire les êtres les plus méprisables et qui tremblaient à la vue de l'ennemi, élevés par l'intrigue et par la faveur aux plus brillans emplois; dois-je faire grand cas de la noblesse de leurs descendans qui ne peuvent citer aucun fait honorable de leurs ancêtres, et qui n'ont d'autre titre, si c'en est un, que celui d'en avoir reçu le jour? non, Bélisaire ne saurait penser ainsi. — Mais, reprit Scipion, comment n'aurait-on pas du respect pour une famille comme la mienne qui remonte aux premiers -tems de la république Romaine, et qui compte parmi ses membres les Scipions qui combattirent en Espagne, et Publius Scipion qui mérita le surnom d'Africain?

Cnéius Scipion fut porte-enseigne dans l'armée de Pompée; un autre fut général de la cavalerie en Allemagne, sous le règne de l'empereur Claude; et, sans vous parler
ler

ler d'une infinité d'autres, un de
mes ancêtres suivit Constantin dans
ce pays où ma famille jouirait encore de ses anciennes prérogatives,
si Marcus Scipion mon bisayeul,
éloigné de la cour par les intrigues
de ses rivaux, n'eût été forcé de
se retirer dans sa maison d'Astabie où j'ai reçu le jour, et où je
conserve assez de fortune pour
soutenir dignement l'honneur de
mon nom. ——

Je vois, Scipion, qu'il n'existe
pas dans l'empire, de famille plus
ancienne que la vôtre, et qu'elle
est une de celles dont on ne peut
contester l'antiquité ; c'est dommage que votre bisayeul ait perdu
ses honneurs et ses prérogatives ;
vous seriez aujourd'hui le favori de
l'empereur et le gouverneur de
quelque province. —— Il me suffit,
Bélisaire, que vous soyiez convaincu de l'ancienneté de ma famille ; je n'ai que faire de ces dignités et de ces gouvernemens, et
je me serais bien gardé de vous

C

vanter ma noblesse, sans la proposition que j'ai intention de vou
faire. — J'ignore encore le rappor
que cela peut avoir avec ce que
vous voulez me dire, et j'avouerai
que vous piquez singulièrement
ma curiosité. —

Je ne différerai pas de la satisfaire. Vous saurez que j'ai un fils
unique, seul héritier de tous mes
biens, et qui vient vous les offrir.
— Je sens tout ce que je dois au fils de
mon bienfaiteur, et je le prie d'a-
gréer ainsi que vous l'hommage de
ma reconnaissance. — Sachez,
Bélisaire, que vous pouvez disposer de mon fils Mucius, si vous
voulez lui accorder la main d'Eudoxie. — D'Eudoxie? ciel! que
dites-vous? vous pourriez dès ce
moment, Scipion, la regarder
comme votre fille, si, en engageant
sa foi à un autre, nous ne nous
étions pas mis dans l'impossibilité
de répondre à l'honneur que vous
daignez nous faire — Elle est promise à un autre? Je l'ignorais...

n'y aurait-il pas d'indiscrétion à vous demander son nom ? — c'est ce pauvre qui me servait de guide quand je suis allé chez vous. — Qu'entends-je? quelque grand que soit mon étonnement, il ne peut égaler la pitié que m'inspire Eudoxie , lorsque je la vois destinée à un vil mendiant. Comment pourriez-vous , Bélisaire, consentir à ce mariage ? accorderez-vous une fille aussi illustre à un malheureux sans fortune, lorsque tant de jeunes gens nobles et opulens s'estimeraient trop heureux de l'obtenir ? — Ce mendiant est le premier qui l'ait demandée ; je la lui ai promise , et Bélisaire n'a jamais su manquer à sa parole. — Permettez-moi de vous observer que votre fille n'a peut-être pas encore donné son consentement, et que ce serait une manière honnête de vous dégager. — Je n'aurais pu , sans son aveu , me permettre de disposer de sa main, et ma fille est entièrement libre de vous faire

connaître ses sentimens. — Mes
sentimens , mon père , répondit
modestement Eudoxie, ne sont pas
différens des vôtres; je suis promise
à Maximius, et il sera mon époux.
— Serait-ce par hasard le nom de
ce mendiant, demanda Scipion?
— C'est lui-même, répondit Eudoxie.—Ah ! pardon , si je ne puis
m'empêcher de plaindre votre sort
et de témoigner de l'étonnement
en vous voyant préférer un misé-
rable inconnu à un jeune homme
qui vous eût fait sortir de l'état
malheureux où le sort vous a réduite. —

Quelque soit mon état, je ne
porte point envie à ceux qui sont
plus riches , et qui paraissent plus
heureux que moi. Un jeune homme
pauvre, mais vertueux, peut faire
le bonheur de celle qui n'ambitionne plus ni les richesses , ni les
honneurs , et qui saura se conformer à sa situation présente C'est à
regret que je me vois forcée de refuser l'offre que vous daignez me

faire, surtout après les secours que
vous avez si généreusement accor-
dés à mon père ; et je dois vous
déclarer, ainsi qu'il vient de le
faire, que si je n'eusse pas engagé
ma foi à Maximius, j'aurais accepté
la main de votre fils avec la plus vive
reconnaissance. —

Je suis infiniment sensible aux
choses obligeantes que vous venez
de me dire ; mais, puisqu'il en est
ainsi, je ne dois pas vous impor-
tuner plus long-tems. Je vous sou-
haite tout le bonheur que vous vous
promettez. Adieu, Bélisaire. Il se
retira fort mécontent ainsi que Mucius qui ne dit pas un mot, quoiqu'il parût être très amoureux
d'Eudoxie, qu'il avait constam-
ment regardée avec la plus grande
attention. Cet événement donna
lieu à Bélisaire, à sa fille et à Domitile de faire de nouvelles réflexions sur le cœur humain et sur
le prix qu'on attache aux richesses;
mais ils étaient loin de croire Mucius capable de recourir aux moyens

vils qu'il employa pour se venger
du refus d'Eudoxie, et pour retar-
der son mariage avec Maximius.

Les laboureurs qui avaient prêté
un lit pour Antonine, cultivaient
les terres des Scipions. Mucius ne
fut pas plutôt sorti du jardin de
Bélisaire, qu'il quitta son père,
pour aller leur ordonner de reprendre leur lit ; il les menaça de les
chasser de la métairie, s'ils ne lui
obéissaient pas sur le champ ; et il
leur défendit, sous les mêmes peines, de faire connaître que c'était
par son ordre. Ces bonnes gens se
rendirent chez Bélisaire, et décla-
rèrent qu'un de leurs parens étant
malade, ils étaient forcés de venir demander leur lit. Eudoxie et
Domitile, sans se douter de la conduite odieuse de Mucius, le leur
rendirent sans regret, car elles a-
vaient toujours couché sur la paille.
Dès que les villageois furent sortis,
comme elles n'attendaient point
Maximius avant la nuit, elles pré-
parèrent le dîner.

Ce jeune homme, en s'appro-
chant de la ville, s'occupait des
moyens d'entrer en secret chez ses
parens pour prendre quelques bijoux qui lui appartenaient ; car,
quoiqu'il eût promis à Bélisaire et
à Eudoxie de les voir pour calmer
leurs inquiétudes, il craignait qu'ils
ne s'opposassent à son mariage, et
qu'ils ne voulussent le retenir près
d'eux. Il était peu satisfait de tous
les expédiens qui s'offraient à son
esprit ; mais ses craintes s'augmen-
tèrent quand il réfléchit qu'il ne
pouvait se présenter sous son déguisement, sans être reconnu par
Evanius qui l'avait vu chez Bélisaire.

Il imagina de se déguiser en laboureur, et de se procurer à Constantinople les vêtemens nécessaires
avec l'argent que Scipion avait
prêté à Bélisaire, et que celui-
ci lui avait remis pour acheter ce
dont ils avaient besoin. Il résolut
d'attendre la nuit pour entrer plus
secrètement dans la ville. Tandis

qu'il se livrait ainsi à ses réflexions, Eudoxie et son amie servaient les légumes de leur jardin à Bélisaire qui dîna si gaiement , qu'il paraissait avoir entièrement oublié ses malheurs.

Le repas fini, il leur témoigna le désir d'aller dans un petit bosquet qui faisait partie de leur héritage. Ils s'y assirent , et il leur parla ainsi : quoique je ne puisse pas jouir de la beauté de ces lieux, je vous répéterai ce que je vous disais ce matin dans le jardin , je me représente ce bosquet comme un des lieux les plus agréables que j'aie vus de ma vie. Je trouve ainsi le moyen de me dédommager de ma cécité. — C'est une grande consolation pour nous , lui dit tendrement Eudoxie , de vous entendre parler de la sorte. J'ai peine à concevoir comment vous avez pu supporter la perte de toute votre fortune avec ce calme et cette indifférence.

Je vais te l'apprendre , ma fille , répondit

répondit Bélisaire , j'en suis redevable à l'expérience et à la réflexion qui m'ont convaincu de l'instabilité des choses. Instruit par les disgraces des rois que j'ai vaincus , j'ai contracté l'habitude de ne pas m'enorgueillir de la prospérité , et de m'attendre aux plus terribles revers. C'est ainsi que je suis parvenu au même but où Domitile t'a conduite par ses sages leçons. La vertu n'est autre chose que cette force d'esprit qui nous aide à maîtriser nos passions , et qui nous rend supérieurs aux événemens. Lorsque , pendant la nuit , le sommeil tarde à s'emparer de moi , je me dis : il est nuit présentement, et tous les mortels sont comme des aveugles quand ils se trouvent dans l'obscurité ; il est vrai qu'elle dure toujours pour moi ; mais elle rend mon imagination plus active ; et portant mes réflexions sur toutes les choses d'ici bas, je m'élève jusqu'à cette éternelle providence qui dirige tout dans l'univers, quoiqu'elle paraisse

Tom. II.   D

abandonner les événemens aux caprices de ce que nous appelons la
fortune que nous nommons bienfaisante ou cruelle , suivant que
nous éprouvons ses faveurs ou son
inconstance.

C'est ainsi que notre amour-
propre nous porte à nous considérer comme des êtres , du bonheur
desquels la providence doit s'occuper sans cesse. Il n'est pas jusqu'au
pâtre, qui vit ignoré dans les mon-
tagnes , qui ne prétende fixer les
regards de la fortune, comme les
grands qui approchent du trône.
Aussi ne peut-on voir sans étonnement et sans pitié la tristesse et l'a-
battement de ceux qui éprouvent
quelques revers. Il semble que la
Providence soit injuste, pour ne
les en avoir pas garantis.

C'est ainsi , que , sans cesse oc-
cupés d'eux-mêmes, ils croient que
tout existe pour eux et doit contribuer à leur bonheur. Ils ne voient
pas que , semblables à l'insecte,
ils naissent et meurent comme lui,

et qu'ils sont assujettis par les lois
immuables de la nature, à toutes
les combinaisons de ce vaste univers. Notre âme est immortelle ;
elle est infiniment au-dessus de
tout ce qui existe sous le ciel ; mais
notre corps, ainsi que celui de la
brute, est formé du limon de la
terre, et animé par le souffle du
créateur.

Ces réflexions m'empêchent de
me plaindre et de m'affliger de ma
disgrace. Je suis trop convaincu
qu'elle est dans l'ordre des événemens, et que nous sommes sur la
terre pour y éprouver le bien et le
mal qui se succèdent sans cesse.

D'après les fausses idées que les
hommes se sont faites du bonheur,
on me croit malheureux parce que
je suis pauvre et délaissé ; mais Bélisaire, quoiqu'aveugle et sans fortune, se trouve aussi grand et aussi
heureux, assis à l'ombre de ce bosquet, que lorsque, sur un char de
triomphe, il était couvert des ap-
plaudissemens d'un peuple immense.   D 2

Un heureux concours de circonstances m'avait placé à la tête
des armées et m'avait procuré des
triomphes ; un autre ordre de
choses m'a précipité du char de
la victoire et m'a conduit jusqu'au
pied de l'échafaud. Les faveurs
dont la fortune avait pris plaisir à
me combler, avaient fait voler
mon nom jusqu'aux extrémités de
la terre ; ma disgrace m'a plongé
dans l'oubli ; et ceux qui m'eussent
offert leurs biens quand j'étais dans
l'opulence, ne daigneraient pas
aujourd'hui m'accorder un regard
de pitié. Ce changement d'état
n'a point dégradé mon âme, et
j'ai su conserver la même énergie.
— O mon père, s'écria Eudoxie !
si on vous voyait avec les mêmes
yeux que moi, on aurait encore
pour vous plus de vénération et
plus d'amour. Eudoxie fut interrompue par l'arrivée de la villageoise qui, pénétrée de regret d'a-
voir repris le lit qu'elle leur avait
prêté, venait leur en faire ses
excuses.

Dès qu'Eudoxie l'apperçut, elle se leva pour la recevoir. La villageoise leur raconta les choses telles qu'elles s'étaient passées ; et Eudoxie lui répondit qu'elle était convaincue de la bonté de son cœur. Bélisaire ayant demandé à sa fille à qui elle parlait ; c'est, répondit-elle, Flacile notre voisine qui vient s'excuser d'avoir repris son lit. — Soyez la bien venue, Flacile ; approchez-vous de moi. — Ah ! pardonnez, seigneur, et soyez persuadé de mes regrets. — Flacile, supprimez les excuses, et causons amicalement. Dites-moi, je vous prie, d'où vous êtes. — De la ville d'Anape. — Vous êtes d'Anape ? Je suis bien aise de le savoir. C'est, si je ne me trompe, près de cette ville qu'est la maison qu'on a donné pour asyle au roi Gélimer. — Oui, Bélisaire, c'est près d'Anape que demeure ce roi infortuné que vous avez amené prisonnier à Constantinople. — Lequel de Gélimer ou de moi trouvez-vous le

plus malheureux ? — Ah Bélisaire !
c'est vous. — Moi ! eh ! pourquoi,
je vous prie ? — Ce roi n'a pas été
privé de la vue ; on lui a donné une
maison magnifique et des esclaves
pour le servir ; il n'est pas réduit
comme vous à exciter la pitié. —
L'avez-vous vu quelquefois ? — Je
l'ai vu souvent seul ; je l'ai remar·
qué aussi, lorsqu'il avait compagnie ; il est fort triste, il regrette
toujours le royaume qu'il a perdu,
et il gémit de sa captivité. — Quoique je sois aveugle, et réduit à la
misère, vous parais-je aussi triste
que Gélimer ? — Il s'en faut infiniment, lui répondit Flacile. — Je
ne suis donc pas aussi malheureux
que lui. — Vous n'avez cependant
pas un beau palais, de nombreux
esclaves, et votre table n'est pas
couverte comme la sienne des mêts
les plus recherchés. —

C'est donc dans la privation de
ces choses, que vous faites consis-
ter mon malheur ? Tout le monde
vous regarde comme plus malheureux que Gélimer, parce que vous

êtes aveugle et dans la misère. —
Considérez, Flacile, combien les
hommes se trompent. Gélimer est
cependant accablé de tristesse, et
moi, je suis calme et tranquille.
Le sort d'un homme aveugle et
pauvre, mais content, n'est-il pas
préférable à celui d'un roi opulent
et dévoré de chagrins? Il me paraît,
Flacile, que vous n'êtes pas con-
tente de votre état, et que vous
regrettez de n'avoir pas reçu le jour
d'un riche bourgeois. — Peut-on
douter que mon sort ne fût plus heureux? — Je ne sais si Eudoxie sera
de votre avis. — Ah! mon père,
répondit Eudoxie, Flacile ignore
que fort souvent les plus riches habitans des villes se trouvent si malheureux, qu'ils envient le sort du
plus pauvre villageois. — Cela se-
rait-il possible, s'écria la bonne
Flacile? — N'en doutez pas, répondit Eudoxie. Les richesses, la
parure, les honneurs ont quelque
chose de séduisant; mais on ne
connaît pas les peines et les chagrins

qui dévorent en secret ceux qui les
possèdent, tandis que, sous un ex-
térieur qui annonce la misère, le
villageois vit tranquille et content.
—S'il en est ainsi, le bonheur n'ha-
bite donc que les campagnes ? —
Je puis vous assurer, lui dit Eudoxie, que je m'y trouve plus heureuse, et je crois qu'il en est de
même de ma chère Domitile. Nous
attachons plus de prix à notre situation présente, quoique très-gê-
née, qu'aux richesses que nous
avons perdues. — Je partage vos
sentimens, répondit Domitile; mais
je ne suis pas surprise que cela paraisse impossible à Flacile, et nous
trouverons peu de personnes qui
croyent nos discours sincères. —Je
ne pourrais pas le croire, leur dit
Flacile, si je ne voyais la résignation et la patience avec laquelle
vous vous livrez à vos travaux. C'est
ce qui m'a rendue plus sensible à
l'ordre que j'ai reçu de mon jeune
maître, puisqu'il m'a forcée de dé-
mentir la compassion que j'avais

témoigné pour vos malheurs ; et, pour vous convaincre de la sincérité de mes regrets, je viens vous supplier d'accepter ces poulets et ces œufs, comme un faible témoignage de ma reconnaissance du don précieux que Domitile m'a fait de ses pendans d'oreille.

Eudoxie, qui l'ignorait, fit à son amie de tendres reproches sur le mystère qu'elle lui en avait fait. Je ne m'en souviens déjà plus, répondit Domitile ; et si je ne vous en ai point parlé, c'est à cause du sentiment pénible que vous aviez manifesté, lorsque j'avais offert ces bijoux à Maximius. Elle accepta des mains de Flacile le don que refusait Eudoxie ; et cette bonne villageoise, après avoir reçu leurs remercimens, se retira fort satisfaite.

Bélisaire, Eudoxie et Domitile rentrèrent la maison où ils s'attendaient à chaque instant à voir arriver Maximius ; mais, ne

le voyant point paraître , ils
se promirent ce plaisir pour le
lendemain.

Fin du quatrième livre.

LIVRE CINQUIEME.

DÈS qu'il fut nuit, Maximius
entra à Constantinople ; et, après
s'être procuré le vêtement de laboureur dont il avait besoin, il se
rendit chez ses parens. Il ne se nom-
ma qu'à Evanius à qui il réussit à
parler en secret. Cet esclave l'aimait tendrement, et il éprouvait
le plus vif chagrin de n'avoir pu
découvrir sa retraite. Il ne l'eut pas
plutôt reconnu, qu'il fit éclater sa
joie ; il le serra dans ses bras , et
l'embrassa plusieurs fois ; il semblait qu'il eût retrouvé son propre
fils. Maximius lui observa qu'il courait risque de la vie, si on venait à
le reconnaître ; et il lui recom-
manda d'en prévenir ses parens,

afin qu'ils dissimulassent leur joie, quand ils se présenterait devant eux.

Evanius, effrayé de ce qu'il venait d'entendre, courut à l'appartement de Septimius et de Dautile; il leur fit part de l'arrivée de leur fils déguisé en laboureur, et du danger qui le menaçait s'il était découvert. Ils furent au même instant saisis de joie et de douleur; leur tendresse les conduisit à sa rencontre, bien déterminés à cacher leurs sentimens; mais à la vue de leur fils, dont l'absence leur avait causé de si vives alarmes, ils ne furent plus maîtres d'eux-mêmes. Il est si difficile d'imposer silence à la nature! Ils le conduisirent dans un appartement écarté, où ils le comblèrent de caresses, et se dédommagèrent de la contrainte qu'ils venaient d'éprouver. Ils lui demandèrent le motif de son absence, quel avait été le lieu de sa retraite, et pourquoi il ne pouvait être reconnu sans que sa vie fut en péril.

Maximius, voyant que sa ruse faisait sur l'esprit de ses parens l'effet qu'il s'était promis, ne cessait de manifester des craintes qu'il n'éprouvait pas, mais que semblaient justifier son déguisement et la tristesse de son maintien. Il s'exprima ainsi : il faut que je sois né sous une bien mauvaise étoile, puisque j'ai toujours rencontré de l'opposition à mes désirs, et que tous mes projets ont eu des suites funestes, surtout depuis que je suis sorti de la prison où la vanité d'Antonine......
— Que voulez-vous dire ? s'écria Dantile. Que vous est-il arrivé ? Faites cesser l'affreuse incertitude de votre mère. — A peine les révoltés eurent-ils forcé les portes de ma prison, qu'ils entrèrent en poussant des cris affreux, et ils m'armèrent d'une épée sur laquelle ils me firent jurer de venger la patrie, et de punir les traîtres qui opprimaient l'innocence.

J'ignorais encore le motif de la révolte, et je fis le serment qu'on

exigeait de moi. Ils me mirent en
liberté, et me forcèrent de partager leurs excès, en frappant tous
ceux que leurs cris et leurs outra-
ges me signalaient comme leurs ennemis. Malheureusement Mondomius favori de l'empereur, étant
tombé entre nos mains, nous lui
fîmes éprouver toutes sortes de
cruautés, et je fus le second qui
lui porta un coup mortel. — O ciel!
s'écria Dantile, en versant un torrent de larmes. Qu'avez-vous fait
malheureux Maximius ? — Comment, lui dit Septimius d'un air
consterné, avez-vous pu échapper
à la fureur des soldats de Narsès ?

Frappé de l'énormité de mon crime, reprit Maximius, je me sépa-
rai des révoltés, et je me déter-
minai à sortir de Constantinople,
pour attendre dans quelque lieu
écarté le résultat de la révolte;
mais, ayant appris les excès auxquels se livraient les troupes, je
m'éloignai de la ville, je quittai
mes vêtemens, et j'entrai au service

d'un riche cultivateur. Je viens pour calmer vos inquiétudes, et je vais retourner dans ma retraite, bien décidé à ne la point quitter avant la mort de l'empereur.

Ce récit ne fit qu'augmenter la douleur et l'effroi de Dantile et de Septimius ; ils ne purent se dissimuler le danger qu'ils couraient, si on apprenait l'arrivée de leur fils, et ils applaudirent à la résolution où il était de partir sur le champ. Il leur observa qu'il avait besoin de quelque argent, et de prendre le peu de bijoux qui lui appartenaient. Son père se prêta volontiers à sa demande ; et ce jeune homme, après avoir reçu leurs tendres embrassemens, s'échappa de leurs bras, sortit de la maison paternelle, et se réfugia sous le portail d'un temple où il passa la nuit, ravi du succès de cette entrevue qui lui permettait de retourner auprès de sa chère Eudoxie.

Dès qu'il fut jour, il parcourut les boutiques pour se procurer les

meubles dont ils avaient besoin,
sur tout des lits qu'il se proposait
d'acheter avec l'argent qu'il avait
reçu de son père et celui qu'il reti-
rerait de ses bijoux ; il désirait ne
point toucher à la somme que Bélisaire lui avait remise. Il lui fallait
aussi des instrumens de labourage,
et tous les ustensiles nécessaires à
la culture ; car il était déterminé à
prendre l'état de laboureur pour
faire subsister Eudoxie et sa famille.
Après avoir trouvé tous ces objets,
et être convenu du prix, il réfléchit que, dans une métairie, on
a besoin d'un char et de deux bœufs ;
et qu'en faisant cette acquisition,
il pourrait transporter facilement
tout ce qu'il venait d'acheter. Il
s'adressa à l'un des métayers, chez
lesquels il était allé le jour précé-
dent, et il lui dit que son maître,
ayant perdu son char et ses bœufs
dans l'incendie de son étable, il en
avait un besoin si pressant que, s'il
voulait lui vendre les siens, il lui
en donnerait la somme qu'il deman-
derait. Le

Le métayer, séduit par l'offre de Maximius, se rendit à ses instances, et ce jeune homme, après l'avoir payé, sortit enchanté de son acquisition, quoique très-novice dans l'art d'en faire usage; mais l'amour supplée à l'expérience; il arriva heureusement à la ville, et après avoir placé sur le char, tous les objets qu'il avait achetés, il y monta, et partit plus satisfait que Bélisaire, quand il conduisait prisonniers le roi Gélimer et sa famille.

Il éprouvait quelque chagrin d'avoir dépensé son argent et une partie de celui de Bélisaire; mais, ayant réfléchi qu'il était robuste, et que la terre était une mine inépuisable, il reprit sa gaieté; il lui tardait d'arriver pour donner à Eudoxie cette nouvelle preuve de son amour et des soins qu'il apportait à se procurer tout ce qui pouvait lui faire exercer décemment l'état que sa passion pour elle lui faisait embrasser.

F.

Il n'était pas attendu avec moins d'impatience ; la journée était déjà fort avancée ; on craignait que ses parens ne se fussent opposés à son retour ; et on désespérait de le revoir , lorsqu'on entendit le bruit d'un char à la porte de la chaumière. Eudoxie et Domitile y accoururent , et furent fort étonnées de voir tous ces meubles , car elles ne reconnaissaient pas Maximius sous le vêtement de laboureur, après l'avoir vu partir sous celui d'un mendiant.

Quelle fut leur joie et celle de Bélisaire, quand elles lui apprirent l'arrivée de Maximius , et qu'elles lui firent le détail de tout ce qu'il apportait ! Malgré la faiblesse ordinaire à leur sexe , elles voulurent l'aider à transporter ces meubles , sans avoir recours à leurs voisins.

Je ne présume pas, lecteur, que vous regardiez ces détails comme indignes de la plume qui retrace les vertueux sentimens de la fille de Bélisaire. Le sage a peint la femme

forte filant de la laine ; et moi, je
représente Eudoxie élevée au sein
des grandeurs, transportant elle-
même le lit qui doit servir à son
père aveugle et dans l'indigence.
Quel accroissement de force ses
bras délicats ne devaient-ils pas recevoir de l'héroïsme de ses sentimens ? Quelle sublime résignation ?
elle avait certainement besoin de
courage ; car rien ne pouvait mieux
la convaincre qu'elle était destinée
à finir ses jours dans cet asyle.

Tandis qu'Eudoxie et Domitile
achevaient de préparer le dîner,
Maximius conduisit les bœufs à une
petite étable qui était derrière la
maison. Bélisaire ne cessait d'admirer la constance de l'amour de
ce jeune homme dans tout ce qu'il
avait fait auparavant pour mériter
Eudoxie, et dans sa conduite présente, puisqu'il se déterminait à
partager leur sort, et qu'il préférait l'état de laboureur à tous les
emplois brillans que sa naissance
pouvait lui procurer. Il lui en té-

moigna tonte sa gratitude lorsqu'il
parut , ils se mirent à table, et Bélisaire désira savoir comment il
avait été reçu de ses parens, et
comment il avait pu acheter tous
les objets dont on venait de lui parler. Maximius le lui raconta , et il
leur fit une peinture si touchante
des diverses situations où il s'était
trouvé , des divers sentimens qu'il
avait éprouvés , en revoyant ses
parens, qu'ils en furent attendris
jusqu'aux larmes.

Au lieu de leur faire connaître
la manière dont il avait caché à ses
parens le véritable motif de son absence , en leur parlant de la mort
de Mondomius ; il leur dit qu'il a-
vait observé à Septimius et à Dantile que la crainte de rentrer dans
la prison d'où les révoltés l'avaient
fait sortir , l'avait déterminé à s'é-
loigner de Constantinople , et qu'il
croyait nécessaire de s'absenter encore jusqu'à ce qu'ils fussent cer-
tains que son procès était terminé,
et qu'il pouvait y rentrer avec sé-

curité ; que ses parens y avaient consenti, et lui avaient donné l'argent qui avait contribué à acheter les meubles, le char et les bœufs qu'il avait amenés.

Bélisaire et Eudoxie n'eurent pas de peine à le croire; mais ils ne purent s'empêcher de remarquer qu'il avait voulu cacher à ses parens son séjour à la chaumière, et l'intention où il était d'y retourner. Bélisaire, malgré son attachement pour Maximius, et la promesse qu'il lui avait faite de lui accorder la main d'Eudoxie, résolut de différer le mariage, et même de ne point l'accomplir, que Septimius et Dantile n'y eussent donné leur consentement. Il dissimula cependant pour ne point affliger Maximius qui goûtait un charme inexprimable près de sa chère Eudoxie, qu'il regardait comme son épouse. Ce jeune amant, qui voyait avec quelle indifférence elle parlait de ses grandeurs passées, et avec quel courage héroïque elle se livrait à des travaux auxquels s'étaient souvent refusées ses propres esclaves, ne pouvait douter que, malgré sa pauvreté, elle ne le préférât aux plus riches seigneurs de l'empire.

Il s'enivrait du bonheur de la voir, lorsque Bélisaire fixa toute son attention, en lui faisant part de la visite des Scipions et de la proposition qu'ils lui avaient faite. La gaieté avec laquelle s'exprimait Bélisaire diminuait un peu les inquiétudes de Maximius qui firent bientôt place à la joie la plus vive, lorsqu'il apprit le refus de Bélisaire et d'Eudoxie, et qu'il eût ainsi une nouvelle preuve de la fidélité de son amante et de la grandeur d'âme de Bélisaire, qui, au sein de l'infortune, avait eu le courage de refuser une proposition aussi avantageuse.

Le jour était déjà sur son déclin; ils se hâtèrent de ranger les lits qu'il avait amenés, de sorte qu'Eudoxie put coucher dans celui qui était destiné pour son mariage, et ils re-

posèrent tous plus commodément
qu'ils n'avaient encore fait.

Dès que le jour parut, Maximius
occupé du nouvel état qu'il allait
embrasser, se leva, et mena paître
ses bœufs dans un bosquet voisin.
Invité par le silence et par la fraîcheur de ce lieu, et persuadé que
Bélisaire, Eudoxie et Domitile
étaient encore pour quelque tems
dans les bras du sommeil, il s'assit
au pied d'un frêne. Il s'y livra in-
sensiblement à la méditation, et il
réfléchit avec plaisir que cette maison et les champs qui en dépen-
daient, appartenant à Eudoxie,
suffiraient pour les faire subsister.

Durant cette vie qui est si courte, se disait-il, l'homme doit-il
désirer autre chose que le simple
nécessaire et une compagne aimable et vertueuse? Voilà certainement les premiers besoins de la
nature; tout le reste ne sert qu'à
flatter les passions des mortels. Combien l'homme est insensé de se donner tant de peines, et d'exposer sa

vie pour en acquérir davantage ?
Que sert à Bélisaire d'avoir amassé
tant de richesses, d'avoir obtenu
tant d'honneurs ? Tout cela n'a fait
qu'accélérer sa disgrace, et il serait
aujourd'hui le plus malheureux des
hommes, s'il n'était doué de cette
grandeur d'âme qui apprend à supporter les revers.

Il est vrai que tous les hommes
n'éprouvent pas comme lui les rigueurs de la fortune ; il en est qui
meurent environnés des grandeurs
et de la gloire qu'ils ont acquises,
ou dont ils ont hérité de leurs ancêtres ; mais combien de grands à
qui on porte envie, changeraient
volontiers d'état avec un laboureur
honnête ?

Heureux le jour où mon amour
pour Eudoxie a éteint l'ambition
dans mon âme ! Libre de tous dangers et de tous chagrins, assis sur
ce banc de verdure où j'entends le
chant des oiseaux qui célèbrent le
retour de l'aurore, je jouis du bonheur le plus pur et le plus vrai pour
celui

celui qui sait l'apprécier. Je vivrai,
il est vrai, sans titres et sans dignités ; mais que servent toutes ces
choses à la cendre de l'homme le
plus illustre ? Ses enfans en héri-
tent, j'en conviens ; mais, pour
transmettre mon nom avec éclat à
ceux qui, tôt ou tard, le plonge-
raient dans l'oubli, dois-je m'exposer à des dangers qui anéantiraient
peut-être mes espérances ?

C'est ainsi que l'homme s'égare
en courant après le bonheur. Désormais exposé aux rayons brûlans
du soleil, je vais arroser la terre
de ma sueur, et je n'aurai pour réparer mes forces que des alimens
grossiers ; mais j'endurerai toutes
ces fatigues pour nourrir ma famille,
et non pour couvrir la terre de mon
sang ou de celui de mes semblables,
au milieu des horreurs des combats.
Quel est l'homme qui, au sein de
la mollesse et de l'oisiveté, pourra
se dire plus heureux que Maximius
travaillant pour Bélisaire et pour
Eudoxie, dont les vertus et les

Tom. II.   F

tendres caresses l'aideront à supporter les maux attachés à l'huma. nité ?

Il s'abandonnait ainsi à ses réflexions, lorsqu'il vit paraître Eudoxie ; rien ne pouvait affecter plu. délicieusement son âme que la présence de son amante ; et Eudoxie ne fut pas moins satisfaite de rencontrer son cher Maximius assis au pied d'un arbre, et faisant paître ses bœufs autour de lui.

Maximius, lui dit-elle, mon père, qui s'est douté que vous étiez ici, m'envoie vous chercher. — Ma chère Eudoxie, j'admirais ce temple de la nature, et je trouvais qu'il n'y manquait que votre présence. — Vous vous êtes levé de grand matin ; mon père vous a entendu, lorsque vous avez fait sortir vos bœufs de l'étable. — L'aurore commençait à paraître. Je trouve que j'ai fort bien employé la matinée, puisque j'ai eu le plaisir de me livrer tranquillement à la méditation, et que vous m'avez fait celui de ve-

nir me surprendre dans ce bosquet.
Approchez, Eudoxie ; ces lieux ont
plus de charme pour moi, quand
j'y respire près de vous. Daignez
vous asseoir sur ce tapis de verdure,
pour y jouir un instant de la fraîcheur et de la tranquillité de cette
solitude. — Je m'asseoirai volontiers pour que vous me fassiez part
de vos réflexions. — Je pensais à
la vie heureuse que l'amour me fera
passer avec vous. — Nous avions,
je le vois, la même pensée au même
instant. — Ah, Eudoxie ! que cet
aveu est doux pour moi ! Il m'assure de la conformité de nos goûts
et de nos sentimens, qui, seule
peut faire le bonheur de deux
époux. Je désirerais savoir si, en
pensant aux mêmes objets, nous
les avons envisagés de la même manière. Je compare le bonheur dont
l'ambition et la vanité promettent
aux hommes de les faire jouir au
sein de l'opulence et des honneurs,
à celui que nous pouvons nous promettre dans notre état actuel. —

J'espère, dit Eudoxie, que nous serons parfaitement heureux. Vous ne pouvez douter, Maximius, du tendre attachement que j'ai conçu pour vous dès mes plus jeunes ans; il ne s'est jamais refroidi. J'ai connu les grandeurs, je sais les apprécier, et je ne regrette rien dans cette humble chaumière que ma respecpectable mère. — Vous deviez cependant épouser Basilide? — Ah, Maximius! vous ne savez pas combien ce sacrifice m'a coûté de larmes. La vertu seule m'avait arraché une promesse que Basilide n'eût jamais obtenue, quand il eût été le maître du monde. — C'est donc la vertu qui eût fait mon malheur! pardonnez Eudoxie, cet élan indiscret de mon amour, qui ne m'a pas permis de sentir que plus le sacrifice vous a coûté, plus il doit me faire chérir vos sentimens. A l'instant, il se baissa pour lui baiser la main; mais Eudoxie s'y refusa. — Pouvez-vous avoir la cruauté de me traiter ainsi? — Il me sem-

ble, lui répondit-elle, que la modestie ne mérite pas un pareil nom.
— Ah ! c'est être cruelle que de
m'interdire une démonstration
aussi innocente de l'amour le plus
pur et le plus sincère. Si vous croyez
que je me sois écarté du respect que
je vous dois, vous me voyez à vos
pieds ; Eudoxie ! ne rejetez pas
l'hommage que vous rend votre fu-
tur époux. — Maximius, vous me
forcez à rompre un entretien qui
était bien doux pour moi. Asseyez-
vous, ou je me retire —

Non, ma chère Eudoxie, il me
suffit de connaître votre volonté
pour y souscrire. Je vais m'asseoir,
puisque vous l'ordonnez... Arbres
silencieux qui êtes témoins de ma
soumission et de la vertu d'Eudoxie, puissiez-vous nous voir jouir
long-tems de la félicité la plus par-
faite ! Mais que vois-je ? Vous voulez me quitter ? La parole de Maximius ne suffit pas pour vous assurer de son respect ? — Mon père
m'attend, et un plus long retard

lui donnerait de l'inquiétude. Nous pouvons retourner ensemble à la maison.

A l'instant ils aperçurent Bélisaire et Domitile. Où sont mes enfans ? demanda Bélisaire. — Nous voici, répondit Maximius ; nous parlions de notre bonheur. — Mes enfans, leur dit Bélisaire, deux amans peuvent être heureux au sein de l'indigence, et porter l'héroïsme jusqu'à renoncer aux grandeurs pour vivre du travail de leurs mains ; mais il faut de la vertu pour persévérer sans regret dans cet état. — J'ai déjà commencé, dit Maximius, de me livrer à la culture de la terre ; et je ne vois pas d'état plus agréable et plus tranquille que celui d'un laboureur ; il est exempt des peines et des humiliations que l'ambition fait souvent éprouver aux habitans des villes.

Ils ont cependant, reprit Eudoxie, leurs soucis et leurs chagrins. Je ne veux point parler de ceux qu'occasionnent les maux attachés à l'humanité ; mais on a souvent de grands désagrémens dans l'intérieur de sa famille, et on n'est pas exempt d'en recevoir de la part de ses voisins. L'homme est presque toujours environné de maux, quelque part qu'il soit. Vous voyez, Maximius, ces arbres touffus qui servent de retraite aux oiseaux qui nous charment par leurs chants ; remarquez ces blés qui commencent à jaunir et qui doivent nous procurer notre subsistance ; ces treilles, dont les raisins semblent vouloir se détacher pour nous offrir leur liqueur ; ces arbres qui nous promettent des fruits délicieux ; ce soleil enfin qui, par la pureté et l'éclat de ses rayons, varie et vivifie toutes ces plantes qui contribuent à nous rendre ce séjour plus agréable.

Eh bien ! tous ces plaisirs peuvent tout-à-coup faire place aux chagrins les plus cuisans. La grêle peut, en un instant, tout détruire, et nous réduire à mendier. Que deviendra ce bonheur que vous vous

promettez à la campagne ?—Croyez-
vous donc qu'il me serait si pénible de mendier pour Eudoxie et
pour Bélisaire ?—S'il en est ainsi,
vous êtes heureux ; mais faites bien
attention, Maximius, que ce que
l'amour fait d'abord considérer
comme facile, devient quelquefois
un tourment insupportable. L'âme
se laisse naturellement abattre par
les revers, et il faut bien de la philosophie pour les supporter avec
courage. —

Vous parvenez à me convaincre
que la philosophie est le remède à
tous les maux ; mais comment en
faire l'application ?—Il suffit d'é-
touffer tout sentiment de vanité et
d'ambition, et de prévoir que tout
ne saurait aller au gré de nos désirs.
Maximius, voyant que ses bœufs
s'éloignaient, quitta Eudoxie pour
les empêcher d'aller dans le champ
de leur voisin.

Je suis fâché, dit Bélisaire, que
les bœufs, en sortant du bosquet,
aient interrompu une conversation

aussi intéressante ; mais nous au-
rons assez d'occasions de revenir
sur ce sujet. Nous pouvons retourner à la maison. Eudoxie le conduisit par la main, et ils s'entre-
tinrent du discours qui venait d'a-
voir lieu, et où ils avaient commencé de donner à Maximius des
leçons pour réprimer les impulsions
de son cœur, dont la générosité
pouvait le porter à des actions
qu'Eudoxie n'approuvait pas ; elle
blâmait la dissimulation dont il a-
vait usé avec ses parens. Ils admi-
raient l'air de contentement avec
lequel il se livrait aux occupations
les plus désagréables, qui étaient
si nouvelles pour lui, et si oppo-
sées à sa naissance.

De retour à la maison, Bélisaire,
Eudoxie et Domitile continuaient
leur conversation ; et Maximius,
après avoir fait rentrer ses bœufs,
ne tarda pas à les rejoindre. On ne
peut pas, leur dit-il gaîment,
toujours parler vertu ; on a besoin
de nourriture, et il faut s'occuper

des moyens de s'en procurer. Nous avons ici tous les instrumens nécessaires, et le prix de notre récolte, que Scipion nous a remis, nous tranquillise pour cette année.—Il reste à savoir, lui dit Bélisaire, si celui qui nous a remis cet argent, ne viendra pas nous le redemander. —Il n'en a pas le droit, et le marché conclu avec lui doit avoir son effet.— Nous n'avons pas fait de telles conventions, Maximius; et Scipion peut réclamer la somme nous a prêtée.

S'il en est ainsi, je suis d'avis de la lui rendre sur-le-champ; je ne voudrais pas garder l'argent d'un imposteur. — Je suis d'un sentiment tout opposé, reprit Bélisaire; en agissant ainsi, nous prouverions notre ressentiment, et nous serions ingrats envers Scipion qui nous a rendu un très-grand service. Quoique la proposition qu'il m'a faite, et la conduite de Mucius, son fils, puissent faire présumer qu'il avait des vues intéressées quand il s'est

conduit généreusement avec nous ;
nous ne devons pas le penser, et il
ne convient point de lui donner des
qualifications injurieuses que peut-
être il ne mérite pas.

Il ne faut pas ajouter au refus
que nous leur avons fait, l'insulte
de renvoyer à Scipion la somme
qu'il nous a prêtée ; il me semble
que nous devons nous borner à ne
point y toucher, afin de pouvoir
la lui rendre s'il venait à la réclamer. — Je suis loin, Bélisaire, de
m'opposer à votre résolution ; mais
je dois vous avertir qu'il faut
alors que nous cherchions d'autres
moyens pour subsister jusqu'à ce
que nous ayions vendu notre récolte ; et je n'en vois pas d'autres
que d'aller travailler à la journée,
soit en cultivant les terres, soit en
faisant des charrois avec nos bœufs.

Ce que vous me dites, Maximius,
me déchire l'âme. Il m'en coûte-
rait infiniment de vous voir faire
à cause de moi, ce que je ferais
moi-même sans peine. — Pourquoi

seriez-vous affligé de ce qui ne
m'affecte pas moi-même? Ne sera-
t-il pas doux pour moi de cultiver
la terre pour vous nourrir ainsi
qu'Eudoxie ? — Vous ne vous li-
vrerez pas seul à ces travaux, lui
répondit son amante ; je saurai bien
m'habituer à manier les instrumens
de l'agriculture. Maximius attendri
de la résolution d'Eudoxie, s'écria :
comment avez-vous le courage de
le dire, lorsque Maximius ne peut
l'entendre sans émotion ? Eudoxie
réduite à travailler aux champs !
ô ciel ! Maximius ne le souffrira
jamais. — Le sort l'a voulu ainsi,
et Eudoxie saura s'y soumettre. La
vertu anoblit tout, et la bonne volonté rend le travail moins pénible.
Alors, lui dit Domitile, vous n'i-
rez pas seule ; je veux partager vos
fatigues. —

Qu'entends-je donc, mes enfans !
s'écria Bélisaire : vous sortirez tous,
et me laisserez seul, malgré ma
cécité ? — Non, mon père, répondit Eudoxie ; vous viendrez avec

nous, et vous vous reposerez à l'ombre d'un arbre. — O fortune ! s'écria douloureusement Bélisaire, tu peux jouir de ton triomphe ! Le cœur de Bélisaire ne peut supporter l'idée de voir son Eudoxie réduite à une telle extrémité ; mais, ma fille, je ne m'oppose plus à cette noble résolution. Conduis-moi seulement sur le grand chemin, ou près de quelque métairie où je puisse implorer l'assistance des passans. Cette cruelle ressource n'est permise et décente que pour un aveugle.

C'était ainsi qu'ils s'entretenaient, en répandant des larmes qui étaient moins occasionnées par leur infortune que par leur tendresse mutuelle, lorsqu'ils entendirent frapper à la porte. Maximius y accourut; mais quelle fut sa surprise, quand il vit Lucius Scipion qui demandait Bélisaire ? L'entretien qui avait eu lieu, fit soupçonner à Maximius qu'il venait réclamer la somme qu'il leur avait remise.

Il le conduisit avec froideur auprès de Bélisaire qui le reçut avec
les plus grands égards; et Sbipion,
après avoir accepté un siége que
lui offrit Eudoxie, s'exprima ainsi:
je ne crois pas, Bélisaire, que vous
soyiez étonné de ma visite, d'après
l'indigne procédé de mon fils; vous
deviez l'être bien davantage que
je ne fusse pas venu plutôt vous en
faire des excuses, et détruire les
soupçons que vous pouviez avoir
sur la pureté de mes intentions. Je
viens seulement d'en être instruit;
et j'en éprouve le plus vif chagrin.
—O Scipion! que dites-vous? cela
ne mérite pas la moindre excuse.
Votre conduite envers moi ne
peut laisser aucun doute sur la noblesse de vos sentimens. —

Je puis me flatter d'avoir toujours été le même: c'est ce qui m'a
rendu beaucoup plus sensible aux
procédés de mon fils. Je ne conçois
pas comment il a pu perdre l'esprit
jusqu'à se persuader qu'en oppo-
sant de si faibles obstacles au ma-

riage d'Eudoxie, il parviendrait à la force de lui accorder sa main. Il n'est pas à se repentir de cette bassesse, et il n'y a que l'excès de sa honte qui ait pu l'empêcher de venir vous en témoigner ses regrets. J'espère, Eudoxie, qu'en recevant ce faible don qu'il m'a prié de vous faire accepter, vous me prouverez que vous ne conservez aucun ressentiment de sa conduite.

Eudoxie voyant que Scipion lui présentait une bourse, se retira, et lui dit : il ne convient pas, Scipion, que votre fils achète un pardon que je lui accorderais volontiers, s'il m'avait offensée. — Je vous conjure, Eudoxie, de ne voir dans cette démarche que son repentir sincère, et d'être persuadée du chagrin que lui causerait votre refus. Je ne puis croire que vous vouliez vous venger ainsi ; et j'espère, du moins, que vous ne serez pas insensible à la douleur de son père. — Je ne doute point, Scipion, de la délicatesse de vos sen-

timens ; mais si c'est la pitié qui
vous porte à nous faire ce présent,
vous pouvez vous adresser à quelqu'un qui le mérite mieux que moi.
Je puis me passer de ces dons , et
vivre du travail de mes mains. ——

Vertueuse Eudoxie ! pardonnez
si je ne me suis pas adressé à celui que vous m'indiquez d'une manière si délicate. Je ne crois pas ,
Bélisaire , me tromper sur l'intention de votre fille. J'espère que
vous ne me refuserez pas le bonheur de contribuer à adoucir vos
peines. —— Qu'est-ce donc , généreux Scipion ? que désirez-vous de
moi ? —— Que vous daigniez accepter une somme semblable à celle
que je vous ai remise pour votre
récolte. —— A quel titre puis-je recevoir celle-ci ? —— Daignez seulement l'accepter , et disposez de
l'une et de l'autre comme vous le
désirerez. —— Comment pourrais-je,
Scipion , refuser ce que vous m'offrez avec tant d'instances ? Votre
générosité ne peut être égalée que
par

par ma reconnaissance ; et les ex-
pressions me manquent pour vous
convaincre de mes sentimens. — Je
suis trop heureux de pouvoir vous
donner cette nouvelle preuve de
l'intérêt que je prends à vos malheurs. Adieu, Bélisaire. — Ma fille,
dit ce bon père, accompagnez Scipion ; puisque ma cécité m'empêche de lui rendre les honneurs qui
lui sont dus, c'est à vous de rem-
placer votre père. —

Je ne puis, répondit Eudoxie en
se prosternant aux pieds de Scipion, je ne puis mieux répondre
à vos désirs qu'en baisant à genoux
la main de celui qui vous soulage
dans votre misère. — Ciel ! que
faites-vous ? s'écria Scipion interdit et confus ; levez-vous Eudoxie, je vous en supplie. — Per-
mettez, lui disait-elle avec attendrissement, que je répare ce que
j'ai fait ; j'ai refusé avec mépris le
don que vous m'avez offert. — Ces-
sez, lui répondit Scipion, ces démonstrations qui m'affligent. Les
G

larmes que je répands, vous prou-
vent à quel point je suis sensible à
votre procédé. Ah ! comment avec
de tels sentimens ne seriez - vous
pas encore plns grande et plus ad-
mirable dans le malheur que dans
la prospérité ?

Il baisa la main d'Eudoxie, sans
souffrir qu'elle lui rendît le même
honneur ; et il sortit les larmes aux
yeux, en laissant Domitile et Maximius non moins touchés de cette
scène où cette vertueuse fille venait de donner une si grande preuve
de son amour pour son père.

Maximius ne cessait d'admirer
la générosité de Scipion. Je vois,
dit-il, que la Providence ne nous
a point abandonnés, et je ne m'at-
tendais pas à en recevoir une telle
preuve. Nous pouvons actuellement
pourvoir à nos besoins, sans être réduits à mendier ni à chercher du travail au dehors ; mais je ne prétends
pas, pour cela, rester dans l'inaction ;
et ce que j'aurais fait dans les champs
d'autrui, je le ferai dans les nôtres.

Je suis d'avis de garder en réserve cette somme qu'on vient de nous remettre, et de n'y avoir recours que dans le plus pressant besoin.

J'observerai, dit alors Eudoxie, que nous devons, Domitile et moi, nous occuper de l'économie intérieure du ménage, et que nous perdons beaucoup de tems, dès qu'il fait nuit, faute d'instrumens propres au travail. — Nous serons forcés, répondit Maximius, d'employer une partie de la somme que nous comptions mettre en réserve; n'importe, il faut s'occuper du présent avant de songer à l'avenir. —

Mais nous pourrions, dit Eudoxie, ne point toucher à cette somme, en vendant le collier de perles qui me reste, et que ma situation présente ne me permet plus de porter. — Eh! pourquoi? il doit vous servir de parure le jour de notre mariage. — Non, Maximius; les bijoux ne conviennent qu'à ceux que la fortune comble de ses faveurs; heureux celui qui ne les voit

qu'avec indifférence.—Permettez-
moi de vous observer que vous ne
pouvez disposer de ce collier sans le
consentement de votre père. —

Vous avez raison, Maximius. Con-
sentez-vous, mon père, que nous
vendions ce collier qui m'est de-
venu inutile ? — Faites, ma fille,
ce qui conviendra le mieux à Maximius et à vous. — Je suis d'avis
de le vendre ; mais Maximius s'y
oppose. Il veut que la fille de Bélisaire, disgracié et réduit à la misère, se pare de ces perles qui n'ont
d'autre mérite que leur rareté. —
Que de motifs pour détruire mes
prétentions ! dit Maximius en sou-
riant : un seul suffisait, Eudoxie,
pour que je me rendisse à vos volontés ; ce collier sera vendu. Ah!
quelle somme n'en donnerait-on
pas, si on savait à qui il appartient?

Il le reçut de ses mains, le baisa
repectueusement, et résolut d'aller le vendre à la ville après-dîner.
Il attela les bœufs à son char ; et,
après être convenu avec Eudoxie et

Domitile des choses qu'il fallait
acheter, il partit pour Constantinople. Il était triste, et il éprouvait beaucoup de chagrin d'aller
vendre ce collier ; il semblait qu'il
prévît la disgrace qu'il devait lui
procurer.

Dès qu'il fut sorti, Bélisaire se
rendit au bosquet avec Eudoxie et
Domitile. Le plaisir qu'il éprouvait
dans ce lieu solitaire, lui fit dire :
n'aurais-je pas été plus heureux, si
j'étais né laboureur, et que j'eusse
été habitué, dès l'enfance, aux travaux champêtres ? Je n'aurais pas
été comblé de biens et de dignités ;
je n'aurais pas rempli l'univers de
mon nom ; mais je ne me serais pas
vu forcé de quitter mes richesses,
et de renoncer à ma gloire, après
m'être donné tant de peines pour
en acquérir. On méprise les laboureurs, parce qu'ils ne possèdent
pas des connaissances et des talens
souvent plus nuisibles qu'utiles ; on
les méprise, sans faire attention
que ce sont réellement les hommes

les plus utiles à la patrie, et par conséquent les plus respectables.

Quand on assiste aux assemblées du cirque ou du théâtre, on est ébloui par la diversité des vêtemens, et par la quantité prodigieuse de diamans et de bijoux qui brillent de toute part. Il n'est pas rare d'entendre des hommes s'écrier : Ah! qu'on a été bien inspiré d'imaginer de tels spectacles, dignes des habitans de l'Olympe! Doit-on s'étonner que Jupiter et Junon soient descendus sur le mont Ida, pour admirer Achille et Diomède?

Si on pouvait lire dans le cœur de ceux qui fixent ainsi tous les regards, quelle pitié n'inspireraient-ils pas? leur joie n'est que factice; les courses de leurs chars, semblables à des triomphes, ne les amusent qu'un moment; la rivalité se mêle à leurs plaisirs; ils cherchent mutuellement à s'éclipser, et ils ne retirent de tout ce vain étalage que des regrets et des ennuis. Sans cesse inquiets et tourmentés pour

satisfaire leur folle vanité, que de
moyens déshonorans n'emploient-
ils pas, qui ne servent qu'à accélérer leur ruine ? Voilà les fruits
amers de la société des villes, qu'on
ne cesse de vanter et de préférer
aux douceurs de la vie champêtre !

Quelles jouissances vraiment dé-
licieuses et toujours pures la nature
n'offre-t-elle pas au contraire au sage qui se plaît à la contempler ? Est-
il rien de comparable à la tranquillité d'âme des habitans de la campagne ? exempts de vanité et d'ambition, éloignés de tous les objets
qui les font naître, ils n'ont pas les
jouissances du luxe ; mais ils ne sont
pas tourmentés du désir d'être re-
marqués et applaudis. Ils n'ont pas
des tables splendides, des mets exquis, des vins délicieux ; mais ils
n'éprouvent pas les maladies qu'ils
procurent ; ils ne couchent pas dans
des lits somptueux, séjour de la
mollesse et de la volupté ; mais le
souvenir d'une trahison ; la crainte
d'une disgrace ne troublent pas or-

dinairement leur sommeil ; ils dor-
ment paisiblement sur le chaume.
Forcés de braver la rigueur des sai-
sons, ils se livrent aux travaux les
plus rudes ; mais l'habitude qu'ils
en ont contractée, les leur rend
moins pénibles, et ils en sont moins
fatigués, que les riches ne le sont
de leur oisiveté. La franchise est
peinte sur leur visage, et ils ne sa-
vent point trahir sous les dehors de
l'amitié la plus sincère.

J'aurais encore bien des choses
à te dire, ma chère Eudoxie ; mais
tu es peut-être fatiguée de m'entendre ? — O mon père ! vos discours nous font mieux sentir le prix
de notre nouvel état, et m'inspi-
rent le désir de me livrer aux travaux de la campagne —Il me semble, dit alors Domitile, que nous
pourrions commencer par arracher
les mauvaises herbes qui sont dans
nos blés, pour essayer nos forces
et nous habituer au travail des
champs. Je le ferais très volontiers,
répondit Eudoxie, si je ne craignais
de

de laisser mon père seul. — Que cela ne vous arrête point, ma fille; lorsque je suis seul quelques instans, je m'entretiens avec moi-même, et je trouve toujours matière à de nouvelles réflexions. Allez donc à votre travail; s'il ne vous rapporte rien, il vous occupera, et il vous sera aussi utile que nos discours.

Eudoxie se rendit aux conseils de son père, et suivit Domitile. Ses mains délicates souffrirent des efforts qu'elle était obligée de faire pour arracher les herbes, et elle se trouva tellement fatiguée après en avoir arraché une brassée, qu'elle dit à son amie : Je ne sais comment je pourrais m'acquitter de ce tra-vail, si j'étais forcée de m'y livrer pour gagner ma vie.

La fatigue, lui répondit Domi-tile, est naturelle et nécessaire, et vous ne souffririez que les premiers jours. C'est ce qui m'a déterminée à vous proposer ce travail, pour vous faire contracter l'habitude de vous y livrer sans peine. Nous pouvous aller rejoindre votre père. La nuit approche, il sera bien aise de rentrer à la maison. Elles retrouvèrent Bélisaire assis au pied d'un arbre. Dès qu'il les entendit, il leur demanda si elles étaient satisfaites de leur travail. Leur réponse donna lieu à un nouvel entretien dans le bosquet, jusqu'au moment où la nuit les fit rentrer, dans l'espoir de voir arriver Maximius avec les instrumens qu'il avait promis de leur acheter.

Ce jeune homme était effectivement allé à la ville dans cette intention. Il rencontra par hasard Flavius, cet ami qui l'avait instruit de la disgrace dont Bélisaire était menacé. Ravi de joie, et n'ayant aucun intérêt de lui cacher son déguisement, il arrêta son char, et se fit connaître; il lui dit en peu de mots, qu'il avait toujours été absent de la ville, que son mariage avec Eudoxie était arrêté, et qu'il était venu à Constantinople pour vendre un superbe collier de perles qu'elle lui avait remis.

Flavius enchanté de le voir, et touché de la confiance qu'il lui témoignait, voulut l'accompagner chez un riche bijoutier à qui Maximius présenta le collier. Celui-ci, étonné de voir un bijou si précieux entre les mains d'un villageois, conçut de la défiance ; il craignit que ce ne fût un de ceux qu'on avait volés la veille à un sénateur ; il envoya secrètement avertir le juge, et il entretint adroitement Maximius jusqu'au moment où les archers, étant arrivés, se saisirent de sa personne au grand étonnement de Flavius. Quel dut être celui de Maximius, en se voyant lier sur son char, et conduire publiquement en prison ? Mais ce qui mettait le comble à sa douleur, c'était le souvenir d'Eudoxie et la perte de son collier.

Il était attendu le même jour à la chaumière, où l'on ne se doutait guère de l'affreuse position où il se trouvait. Cependant, plusieurs jours s'étant écoulés sans

H 2

qu'on le vît paraître, Bélisaire, Eudoxie et Domitile commencèrent à craindre qu'il ne lui fût arrivé quelque accident, ou que ses parens ne s'opposassent à son retour. L'amour faisait éprouver à Eudoxie les craintes les plus cruelles ; mais aucun d'eux ne pouvait imaginer que le collier fût la cause de ce retard.

Bélisaire ne pouvait dissimuler son chagrin, car il avait conçu pour ce jeune homme la plus vive tendresse, et il sentait combien il leur était nécessaire. Ce n'était rien que la perte du char, des bœufs, de leur argent et même du collier ; c'était Maximius seul qu'ils regrettaient ; ils ne cessaient de se rappeler ses soins attentifs et la manière prompte et délicate avec laquelle il prévenait tous leurs besoins. Enfin Eudoxie l'aimait de l'amour le plus tendre, et elle le regrettait comme un époux.

La bonne Flacile leur offrit d'aller s'informer en secret si Maxi-

mius était retenu chez ses parens.
C'était l'unique crainte d'Eudoxie
qui l'embrassa les larmes aux yeux,
en la remerciant du service qu'elle
allait lui rendre ; et quoique Bélisaire eût peine à consentir à cette
démarche, la villageoise partit sur-
le-champ. Eudoxie qui la suivait
des yeux , regardait déjà comme
autant de siècles les instans qui
devaient s'écouler jusqu'à son retour.

Leur douleur n'eut plus de
bornes , lorsqu'elle leur rapporta
qu'elle tenait de l'esclave Evanius
que Maximius n'avait point reparu
chez ses parens, depuis le jour où
il s'y était présenté déguisé en laboureur. Bélisaire et Eudoxie commencèrent alors à désespérer de le
revoir : ils ne savaient à quoi at-
tribuer son absence, et ils ne pouvaient cependant douter de la sincérité de ses sentimens. Comment
auraient-ils pu faire un pareil ou-
3erne à celui qui leur avait donné

tant de preuves de l'amour le plus
pur et le plus désintéressé.

Cependant ce vertueux jeune
homme gémissait dans l'horreur
d'un cachot, sans autre consolation que celle de répéter sans cesse
le nom chéri de son Eudoxie. Sûr
de son innocence, n'ayant à se re-
procher aucun délit qui ait pu mo-
tiver son emprisonnement, il ne
doutait pas que ses parens, ayant
appris qu'il vivait chez Bélisaire,
ne se fussent déterminés à le faire
arrêter. Quelle fut sa surprise,
lorsque, ayant été mandé au tribunal, il découvrit, par les questions qu'on lui fit sur le collier,
que ce bijou était la cause de sa
détention ! Il ne put s'empêcher
de maudire son sort qui le mettait
dans la nécessité de révéler son
secret.

Il craignit les suites que pourrait
avoir son vol supposé, s'il ne faisait pas connaître la vérité. Il déclara donc qu'Eudoxie, fille de
Bélisaire, l'avait chargé de ven-

dre ce collier ; qu'il n'était point
un laboureur comme il le paraissait ;
qu'il était fils de Septimius , et
que, pénétré d'amour pour Eudoxie, et touché de compassion pour ses
malheurs et pour ceux de son père,
il avait quitté la maison paternelle
pour aller les servir dans leur exil.
Le juge étonné de cette déclaration , ne douta pas qu'elle ne fût
sincère : mais, pour s'en assurer,
il fit d'abord présenter le collier au
sénateur qu'on avait volé , et qui
déclara qu'il ne lui appartenait
point. Il fallait encore savoir si le
prisonnier était réellement le fils
de Septimius, et si Eudoxie l'avait
chargé de vendre ce collier. Septimius fut mandé au tribunal , et le
juge, par égard pour sa noblesse,
eut soin de lui en faire connaître
le motif. Ce tendre père, qui était
dans de continuelles alarmes , depuis le jour où Maximius lui avait
parlé de la mort de Mondomius ,
et qui tremblait à chaque instant
qu'il ne tombât entre les mains de

la justice, fut sur le point d'expirer de douleur, quand on alla, de
la part du juge, lui dire de venir
reconnaître un prisonnier qui se disait son fils.

Comme le juge, dans l'avertis-
sement qu'il lui donnait, lui parlait
du vol d'un collier, il fut tenté de
ne point se présenter, pour ne pas
avoir la honte de retrouver son fils
coupable d'une action déshono-
rante ; mais, se rappelant la noblesse des sentimens de ce jeune
homme, et convaincu de la nécessité d'obéir à la justice, il se rendit au tribunal. Dès qu'il aperçut son
fils chargé de chaînes, sous le vêtement de laboureur où il l'avait
vu dans sa propre maison, il ne put
étouffer la voix de la nature, et il
perdit la connaissance.

Dès qu'il eut repris quelque
force, et qu'il eut reconnu le prisonnier pour son fils, le juge lui
déclara qu'il pouvait se retirer ;
et il fit reconduire Maximius dans
sa prison, jusqu'à ce qu'il eût reçu

la déclaration de Bélisaire et d'Eudoxie , sans laquelle il ne pouvait
être convaincu de son innocence ,
et lui rendre la liberté. Eudoxie et
Bélisaire ne pouvant point paraître au tribunal , puisqu'ils étaient
exilés de Constantinople par ordre
de l'empereur , il se détermina à
aller recevoir leur déclaration.

Lorsqu'il se présenta , la triste
Eudoxie était devant la chaumière,
occupée avec Domitile et Flacile
à préparer des légumes ; Bélisaire
près d'elle à l'ombre d'un pom-
mier , était assis sur une pierre et
appuyé sur son bâton. Le juge le
reconnut sur-le-champ , et il ne
put le voir sans être attendri ; mais
il n'avait jamais vu sa fille , et il
ne pouvait imaginer que ce fût
la personne à qui il parlait. Il lui
demanda où était Eudoxie, fille de
Bélisaire. — C'est moi , lui répondit-elle en tremblant. Il eut la
délicatesse de dissimuler l'étonnement et la compassion que lui inspirait la vue d'une jeune personne

peu auparavant si riche et si illustre, forcée de se livrer aux travaux
des esclaves, et il lui dit qu'il
avait quelque chose à lui communiquer en secret ainsi qu'à Bélisaire.

Eudoxie donna la main à son
père pour entrer à la maison, et
ils n'y furent pas plutôt, que le
juge leur demanda s'ils n'avaient
pas eu chez eux un jeune homme
qui se nommait Maximius. Eudoxie
eut besoin de tout son courage,
pour ne pas tomber en faiblesse
à cette demande. Elle éprouva que
la vertu aide à supporter les peines
les plus cruelles, et soumise aux
volontés du ciel, elle fit en cet instant le sacrifice de son amant. Bélisaire répondit que ce jeune homme avait passé quelques jours avec
eux, mais qu'ils n'en avaient pas
entendu parler, depuis qu'il était
allé à Constantinople, pour vendre
un collier de perles, seul et unique
objet qui restait à Eudoxie de leur
ancienne fortune. Le juge ayant

demandé à cette jeune personne
si elle reconnaîtrait ce collier,
elle ne put cacher son trouble et
ne sut que répondre. Il le lui
présenta, et elle déclara sur-le-
champ que c'était celui qu'elle
avait remis à Maximius. Elle aurait
bien voulu savoir comment il se
trouvait entre les mains du juge ;
mais elle n'osa le lui demander,
et il sortit en lui disant que puisqu'elle reconnaissait ce collier pour
le sien, elle pouvait le garder. Elle
ne douta plus que ce bijou n'eût
été cause de la détention de son
amant ; elle conçut alors l'espérance de le revoir, et Bélisaire qui
partageait son sentiment, lui observa qu'il était naturel qu'on eût
été surpris de voir entre les mains
d'un villageois des perles d'un si
grand prix, et qu'on avait eu lieu
de croire qu'elles avaient été volées.

Tandis qu'Eudoxie renaissait à
l'espérance, le juge, de retour à
Constantinople, rendit la liberté à
Maximius, lui fit restituer son char

et ses bœufs, et ordonna qu'il fût
reconduit publiquement jusqu'à la
boutique du bijoutier où il avait
été arrêté, afin qu'il ne pût rester
aucun doute sur son innocence.

A peine cette cérémonie fut-elle
achevée, que Maximius, qui ne
songeait qu'au bonheur de revoir
son amante, se hâta de sortir de
la ville, et il arriva à la chaumière
à l'instant où Bélisaire, Eudoxie
et Domitile se rendaient au bosquet.

Eudoxie, entendant le bruit d'un
char qui avançait avec vîtesse, ne
put douter que ce ne fût Maximius,
quoique le feuillage des arbres l'em-
pêchât de l'apercevoir. Il ne tarda
pas à les appeler ; Eudoxie et Domitile coururent à sa rencontre,
sans faire attention que Bélisaire
restait seul. Maximius ne prit pas
le tems d'arrêter ses bœufs ; il s'é-
lança de son char, et se précipitant
dans les bras de son amante, il lui
dit en lui donnant un baiser : per-
mettez, ma chère Eudoxie, qu'a-

rès de si cruels tourmens, je vous
onne ce gage de l'amour le plus pur
t le plus constant. Que sont toutes
les souffrances au prix du bonheur
ue j'éprouve en ce moment ?

Il la quitta pour voler dans les
ras de Bélisaire, qui, aux cris de
oie qu'ils faisaient, reconnut bien-
ôt que c'était Maximius. Ils se tin-
ent étroitement embrassés en se
onnant à plusieurs reprises les
oux noms de père et de fils. Ils en-
rèrent ensuite dans la chaumière
ù ils témoignèrent à Maximius le
ésir de savoir le motif de sa dis-
râce et comment il avait perdu le
ollier. Il satisfit à toutes leurs
questions, et les peines qu'ils ve-
aient d'éprouver firent place à
a joie la plus vive et la plus sincère.

Fin du cinquième livre.

LIVRE SIXIEME.

Plus Bélisaire et sa fille témoignaient d'attachement à Maximius, plus il concevait l'espérance de posséder sa chère Eudoxie. Il résolut de ne pas perdre le fruit des peines qu'il venait d'éprouver ; et le jour suivant il parla ainsi à Bélisaire :

Je serais indigne de la promesse que vous m'avez faite de m'accorder Eudoxie, si je vous rappelais les titres que je puis avoir à cette inappréciable faveur : Elle est d'un trop grand prix, pour que je croie l'avoir jamais méritée par mes services, et je ne veux la devoir qu'à votre bonté pour moi ; mais puisque vous me l'avez promise, daignez, après tant de peines et de souffrances, mettre le comble à mon bonheur.

Les circonstances et la situation où nous sommes, parlent elles-mêmes en ma faveur. Nous habitons sous le même toit, grâce à la confiance que vous avez eue dans la délicatesse de mes sentimens, dans mon respect pour Eudoxie, et dans sa propre vertu; mais tout cela ne fait qu'accroître ma passion. Plus on est près de l'objet qu'on aime, plus on sent augmenter ses désirs, et plus on souffre de ne pouvoir le posséder. Je supporterais encore bien volontiers toutes les peines que j'ai endurées, si je ne pouvais l'obtenir qu'à ce prix.

Bélisaire lui répondit : mon fils, je n'attendrais pas jusqu'à demain pour combler vos vœux, et je n'aurais pas besoin de tous les discours touchans que l'amour peut suggérer; il me suffit de me rappeler que, du moment que vous vous êtes fait connaître, je vous ai promis Eu-

doxie ; et je vous l'aurais déjà ac-
cordée , si j'avais cru ne devoir
consulter que mon cœur ; mais mes
désirs doivent céder aux droits de
la nature et aux lois de la société.
Vous êtes fils de Septimius ; son
consentement vous est nécessaire ,
et sa volonté doit l'emporter sur la
vôtre , sur la mienne et sur celle
d'Eudoxie. Elle peut disposer de
son cœur , je puis approuver son
choix ; mais il convient, mon fils,
que vous obteniez l'aveu de votre
père. Bélisaire ne révoquera jamais
sa promesse.

O ciel ! qu'entends - je ! s'écria
Maximius avec douleur. Pouvais-
je , Bélisaire , m'attendre de votre
part à ce terrible arrêt ? Ignorez-
vous donc l'opposition que mes
parens ont montrée à mon mariage
avec Eudoxie , lorsqu'elle était au
sein de la prospérité ? Comment
pouvez-vous croire qu'ils y consen-
tiront actuellement que vous êtes
disgracié et réduit à l'indigence ? —
Si cette opposition de leur part

subsiste

subsiste toujours, je vous le dis
avec douleur, mon fils, je ne puis
consentir à votre mariage. — O
jour affreux ! s'écria Maximius.
Que vous ai-je fait, Bélisaire,
pour me rendre si malheureux?—

Maximius ! vous ne savez pas ce
que me coûte ce sacrifice qu'exi-
gent de moi les lois de la patrie.
— Mais où sont donc ces lois ? n'ac-
cordent-elles pas aux enfans le droit
de se choisir une compagne ? Peu-
vent-elles me soumettre à l'auto-
rité et aux caprices de mes parens?
— Ce choix, répondit Bélisaire,
appartient sans doute aux enfans;
mais il doit être soumis à l'appro-
bation de leurs parens, dans l[a]
crainte que la passion ne les égare,
et ne les porte à des démarches dont
ils auraient à se repentir.—

Les enfans, à ce qu'il me semble, doivent être seuls juges dans
une cause qui n'intéresse qu'eux,
et d'où dépend leur bonheur. —
L'amour ne connaît pas toujours
es vrais intérêts, et la passion nous

I.

trompe souvent dans le choix qu'elle
porte à faire. Eh ! combien de fois
la vanité n'aveugle-t-elle pas les
parens ? Combien n'en voit-on pas
sacrifier leurs enfans à leurs caprices et à leur ambition ? Maximius,
nous perdons le tems en raisonnemens inutiles. Je n'ai qu'un mot à
dire ; justifiez-moi du consentement de vos parens, et Eudoxie est
à vous. --

Ah ! pourquoi ne m'ordonnez-
vous pas plutôt de braver, comme
Léandre, les flots de la mer irritée ?
cela me serait plus facile que de
faire consentir mes parens à mon
mariage avec Eudoxie. N'importe,
je ferai ce que vous exigez ; mais
si mes parens ne veulent pas condescendre à mes désirs, puis-je
savoir quelle sera votre détermi-
nation ? — La constance de votre
amour obtiendra sûrement ce que
vous regardez comme impossible.
— Mais si mon malheur est tel que
je ne puisse y parvenir, que déci-
derez-vous ?—Je dois vous le dire,

Maximius, Bélisaire ne peut renoncer à ses principes· — Que je
suis à plaindre ! Y eut-il jamais un
amour plus constant et plus malheureux que le mien ?... Maximius
répandit un torrent de larmes, et
sortit de la chambre en faisant retentir la chaumière de ses gémissemens. Eudoxie et Domitile qui n'é-
taient point encore couchées, accoururent auprès de Bélisaire, pour
savoir la cause des pleurs de Maximius. Eudoxie fut d'abord tentée
d'aller consoler son amant en mê-
lant ses larmes aux siennes ; mais
la modestie la retint, et Domitile
qui craignit que la passion de Maximius, irritée des obstacles qu'elle
éprouvait, ne le portât à quelque excès, engagea Bélisaire à le
consoler; et le prenant par la main,
elle le conduisit près du lit sur lequel ce jeune homme s'abandonnait à sa douleur.

Bélisaire lui dit, en lui rendant
la main : pourquoi donc, Maximius, vous affliger ainsi ? — Ah!

Bélisaire!...Ne venez pas augmenter le désespoir où vous m'avez
plongé. Laissez-moi , je vous prie,
seul avec ma douleur. Vos rigueurs
seront moins cruelles pour moi que
ces démonstrations inutiles· —
Maximius ! mon fils ! est-il possible que vous me teniez de tels
discours ?—Les supplices , la mort
même ne serait pas si affreuse
pour moi que de vous voir me refuser sous de vains prétextes ce que
vous m'aviez si solemnellement
promis. —

Mon fils , ce que je vous ai
promis, je vous le promets encore.
Eudoxie n'aura jamais d'autre
époux que vous.— Ah ! je ne puis
me laisser éblouir par des paroles
spécieuses, quand on exige de moi
des choses qui me sont impossi-
bles. — Comment pouvez - vous
regarder comme impossible d'obtenir le consentement de vos parens ? Vous êtes leur fils , et je ne
puis croire qu'ils soient cruels envers vous. Il doit peu vous en

coûter de faire une telle démarche. S'ils se refusent à votre demande, vous aurez lieu alors de vous abandonner à votre douleur. Je ne puis m'empêcher de vous blâmer quand je vois qu'avant de connaître leur résolution, vous ne craignez pas d'affliger Eudoxie en vous livrant ainsi à un désespoir qui n'a pas de motif. —

Eudoxie verse des larmes, et j'en suis la cause ! ô ciel ! vous ne pouviez, Bélisaire, trouver un moyen plus prompt pour tarir mes larmes et étouffer mes soupirs. — Venez donc la consoler. A l'instant Maximius accompagna Bélisaire jusqu'à la chambre où étaient Eudoxie et Domitile, et il dit à Eudoxie, du ton le plus respectueux, que si la résistance qu'il avait montrée aux désirs de Bélisaire était la cause de son chagrin, il venait lui déclarer qu'il était prêt à se conformer à sa volonté.

Eudoxie lui répondit qu'il s'était laissé égarer par l'excès de sa pas-

sion ; qu'elle avoit aussi à lui re-
procher, la ruse dont il avait usé
avec Septimius et Dantile, et qu'il
ne pouvait effacer cette faute,
qu'en allant leur en témoigner ses
regrets.

Maximius qui ne s'attendait pas
à ce nouveau reproche d'Eudoxie,
y fut infiniment sensible. Il lui répondit qu'il venait de promettre
de se conformer à leurs désirs et
qu'il tiendrait sa parole; qu'il ferait
sur-le-champ ce qu'elle exigeait
de lui, si la nuit le permettait ;
mais qu'il n'y manquerait pas le
jour suivant.

Bélisaire félicita Eudoxie d'avoir
fait avec deux paroles ce qu'il n'a-
vait pu faire avec tous ses raisonnemens; et après lui avoir souhaité
une bonne nuit, il se retira avec
Maximius qui ne put dormir, tant
il fut tourmenté de la crainte que
Septimius et Dantile ne lui refu-
sassent leur consentement. Dès
qu'ils furent levés, Maximius, après
avoir dit à Eudoxie qu'il allait lui

donner la plus grande preuve de
son amour, et qu'il fallait sa volonté pour le déterminer à une
séparation aussi cruelle, sortit pré-
cipitamment et prit à pied le chemin de la ville.

Il cherchait comment il pourrait
se tirer de l'embarras où il se trouvait, car il n'avait pas encore été
dans une position aussi critique ;
et quoique son imagination fût
fertile en expédiens, la manière
dont Eudoxie avait blâmé sa conduite, lui faisait rejeter tous ceux
qui se présentaient. Il résolut d'agir
avec franchise, et il se flatta que
sa soumission fléchirait ses parens :
mais lorsqu'il aperçut leur maison,
il éprouva une telle répugnance à
s'y présenter, qu'il fut sur le point
de retourner sur ses pas, et d'avoir
recours à quelque nouvel artifice.

Il se représenta leur courroux
sur son emprisonnement ; il se rappela l'évanouissement de son père,
lorsqu'il l'avait vu lié comme un
criminel ; la fable qu'il leur avait

faite sur la mort de Mondomius ;
enfin tout concourait à l'empêcher
de paraître devant eux. Il ne pouvait cependant oublier la parole
qu'il avait donnée à Eudoxie ; il
ne se dissimulait pas qu'il trouve-
rait Bélisaire inexorable , s'il s'en
retournait sans avoir accompli sa
promesse ; et il sentait au contraire
que son mariage était certain , si
ses parens , touchés de son repentir et de son amour , daignaient
enfin y consentir.

Cet espoir l'encouragea , et il
s'avança sous le vestibule de la maison de son père. Ayant aperçu
un esclave , il demanda à parler à
son fidèle Evanius , qui lui dit en
pleurant : ô Maximius ! qu'avez-
vous fait ? Il m'en coûte cruellement de vous apprendre que votre
père nous a donné l'ordre de vous
refuser sa porte , et de vous chasser de sa maison , s'il vous arrivait
d'y entrer. Maximius interdit ne
savait que répondre. O Eudoxie !
s'écria-t-il , dans quelle affreuse
situation

situation votre vertu réduit-elle
votre fidèle amant !

A ce premier mouvement de désespoir , succéda l'espérance que
son repentir parviendrait à lui obtenir son pardon. Ayant appris
d'Evanius, que sa mère était seule,
rien ne put l'empêcher de péné-
trer jusque dans son appartement.
Dantile surprise à la vue de ce laboureur , que son trouble ne lui
permit pas de reconnaître, lui dit :
que voulez-vous ? que demandez-
vous ? et elle appela ses esclaves.

Maximius se jeta à ses pieds , et
lui dit : ô ma mère ! ne pouvez-vous
reconnaître votre malheureux Maximius ? L'âme de Dantile fut sai-
sie d'étonnement , de tendresse et
d'indignation. Je n'ai plus de fils ,
lui répondit-elle avec fierté ; vous
vous trompez , jeune homme. Qui
que vous soyiez , vous pouvez sortir sur-le-champ ; votre présence
m'est importune.

A ces mots , Maximius se serait
évanoui , si les pleurs n'eussent sou-

lagé sa douleur. O ma mère ! s'é-
cria-t-il, pouvez-vous méconnaî-
naître Maximius repentant ? C'est
l'amour filial qui m'a déterminé à
venir réclamer de votre cœur ma-
ternelle pardon que je vous demande à genoux.

Dantile le regardait avec mépris,
et s'adressant à une esclave : dites
à cet audacieux jeune homme qu'il
se garde de reparaître dans ma maison ; elle passa ensuite dans une autre chambre dont elle ferma la porte,
sans regarder Maximius qui lui ten-
dait les bras. Il quitta cette attitude, lorsque l'esclave lui dit qu'il
ne pouvait espérer aucune pitié de
ses parens qui l'avaient déshérité.

Il sortit résolu d'aller sur-le-
champ retrouver Eudoxie, et de
se donner la mort s'il en était mal
reçu. Il traversa les appartemens
avec précipitation, et il descendit
l'escalier sans songer ni à Evanius
ni à son père, lorsque sous le vestibule il rencontra Septimius qui
rentrait à la maison : son étonne-

ment fut tel que ses yeux furent
d'abord couverts d'un nuage ; mais
plein de confiance en son amour
paternel , il embrassa ses genoux ,
et s'écria d'une voix entrecoupée
par des sanglots : ô mon père !
vous voyez à vos pieds Maximius
repentant , qui vient d'être rejeté
par sa mère dont il n'a pu obtenir
le pardon qu'il vous demande.

Septimius garda un moment le
silence , puis cédant à son indignation , il tira de sa poche une pièce
de monnaie qu'il laissa tomber , et
il poursuivit son chemin , laissant
Maximius consterné de cet acte de
mépris , et d'avoir retrouvé ses parens insensibles à la voix de la
nature.

Il sentit d'autant plus leurs procédés , qu'il les aimait avec la plus
vive tendresse ; mais se voyant
ignominieusement repoussé par son
père qui montait l'escalier , il se
leva et sortit de la maison et de la
ville pour se rendre à la chaumière,
cruellement affecté d'avoir été

traité plus inhumainement par ses parens qu'il ne l'eût été par son plus mortel ennemi.

L'image d'Eudoxie, semblable au soleil qui chasse les ombres de la nuit, vint calmer sa douleur. Il se persuada que le mépris que ses parens lui avaient témoigné rendrait Eudoxie et Bélisaire plus sensibles à ses tourmens. Il lui tardait d'arriver, et Eudoxie ne l'attendait pas avec moins d'impatience; car, depuis son départ, elle n'avait pu se défendre des plus cruelles inquiétudes. Quoiqu'il cherchât à dissimuler son chagrin, en affectant de la gaîté pour ne pas affliger son amante, il n'avait pas cet enjouement qu'il montrait ordinairement en la revoyant. Dès qu'Eudoxie l'aperçut, elle éprouva mille sentimens opposés; mais le plaisir que lui causait son retour l'emporta sur toute autre considération, et lui persuada qu'il apportait de bonnes nouvelles. Il la confirma dans cette idée, en lui disant:

Eudoxie, Maximius est à vous.
Rien ne s'oppose plus à mon bonheur. Eudoxie et Bélisaire, ima-
ginant à ce discours que ses parens
consentaient à leur mariage, le
prièrent de leur raconter comment
il avait été reçu.

La joie feinte de Maximius fit
sur-le-champ place aux larmes, et
il s'exprima ainsi : ô Bélisaire !
Maximius n'a plus d'autre père que
celui d'Eudoxie. J'espère que vous
n'abandonnerez pas celui qui vous
a donné tant de preuves de son
amour. Bélisaire attendri par les
larmes de ce jeune homme, lui répondit : je vous ai toujours regardé
comme mon fils. Que signifie ce
discours ? Maximius reprit avec
l'accent du désespoir : mes parens
m'ont déshérité ; ils m'ont chassé
de leur maison et ils m'ont fait
défendre de reparaître devant eux.
Il ne me reste sur la terre d'autre
appui que vous, et d'autre bien
qu'Eudoxie. Si je la perds, si vous
m'abandonnez, il n'y a plus que

la mort qui puisse terminer mes
malheurs en me délivrant de la vie
qui sans vous et sans Eudoxie me
deviendrait insupportabe. ——

Vos parens vous ont déshérité
et vous ont chassé de leur maison ?
L'air d'intérêt et d'attendrissement avec lequel Bélisaire lui fit
cette question, lui persuada qu'il
n'était pas éloigné de se rendre à
ses désirs. Il lui raconta ingénu-
ment et avec énergie la manière
dont il avait été traité par ses parens. Bélisaire non moins ému
qu'Eudoxie qui l'écoutait en silence, lui dit : viens, mon fils ;
viens dans les bras de Bélisaire qui
sera toujours ton père. Je vais te
prouver ma reconnaissance. Puisque tes parens ne veulent plus entendre parler de toi, je ne dois
plus différer d'accomplir ma promesse, et de combler tes vœux.
Eudoxie, ma fille, venez ici, que
je donne votre main à Maximius
qui a si bien su la mériter. Maximius, voilà votre épouse, Béli-

saire vous la donne, et vous pro-
met que vous trouverez toujours
en lui un bon père, quoiqu'il soit
pauvre et disgracié.

Maximius passa sur-le-champ
de la douleur la plus profonde à
l'ivresse de la joie, et Eudoxie
éprouva une surprise ravissante,
en entendant les paroles de son
père. O ciel! s'écria Maximius, je
n'ai plus rien à désirer sur la terre.
O moment heureux! il se prosterna
aux pieds de Bélisaire et voulut
ainsi lui témoigner sa reconnaissance, tandis qu'il ne cessait de
couvrir de baisers la main de sa
chère Eudoxie. ——

Allons, mes enfans, leur dit Bélisaire, consolez-vous; viens Maximius, que je t'embrasse et te
témoigne ma joie. Eudoxie, voilà
ton époux. Ton père te le donne,
persuadé que son amour et sa vertu
te dédommageront amplement de
la perte des richesses. Levez-vous,
mes enfans, et occupez-vous sans
différer des préparatifs de votre

mariage. Eudoxie et Maximius ne
pouvaient suffire à leur joie, et
Domitile ne cessait d'embrasser son
amie et de la féliciter sur son bonheur.

Maximius alla sur-le-champ au
village pour se procurer ce qui était
nécessaire pour la célébration de
leur mariage, qui fut fixée au lendemain. Ils eurent soin d'y inviter
les laboureurs leurs voisins qui leur
avaient donné tant de preuves d'attachement et de compassion. Ils
se rendirent de grand matin à la
chaumière pour accompagner les
époux. Ils les trouvèrent levés,
et on partit à la clarté de la lune.
Eudoxie n'avait d'autre parure que
son superbe collier de perles qu'elle
portait pour faire plaisir à son
époux.

Elle voulut conduire elle-même
son père par la main jusqu'au temple. Tous les assistans ne purent
s'empêcher de répandre des larmes, en voyant que le mariage
de cette jeune personne qui, peu

auparavant aurait été célébré avec
la plus grande pompe et aux acclamations des grands et du peuple, ne différait pas de celui d'une
pauvre villageoise ; la cérémonie
finie, Bélisaire embrassa ses enfans
qui reçurent ensuite les félicitations
de toute l'assemblée.

Il semblait que la fortune, se re-
prochant son inconstance, attendît
l'accomplissement du mariage de
Maximius et d'Eudoxie, pour récompenser leur vertu, leur constance, et leur faire de nouveau
éprouver ses faveurs. Elle voulut
que Flavius, cet ami de Maximius,
qui avait été le premier à les avertir de la disgrace de Bélisaire, fût
aussi le premier à leur annoncer
les nouvelles dispositions de la
cour à son égard. Flavius ignorait
le mariage de son ami, quoiqu'il
sût qu'après être sorti de prison,
et avoir été reconnu innocent, il
était retourné chez Bélisaire. Cet
emprisonnement avait beaucoup
occupé les esprits à Constantino-

ple ; Maximius, Eudoxie et Bélisaire, étaient le sujet de tous les
entretiens. Flavius apprit de ses
parens, que l'empereur était persuadé de l'innocence de Bélisaire,
et qu'il était déterminé à lui rendre ses honneurs et ses richesses.

Ce fidèle ami n'en fut pas plutôt instruit qu'il courut en faire
part à Maximius qu'il trouva uni-
quement occupé de son bonheur
et des soins que lui imposait le
titre d'époux d'Eudoxie. Maximius transporté de joie voulut que
Bélisaire et Eudoxie apprissent à
l'instant cette nouvelle de la bou-
che de Flavius. Ils l'entendirent
sans témoigner d'autre sentiment
que celui de la reconnaissance que
leur inspirait la démarche de ce
généreux ami. Bélisaire avait résolu
de finir ses jours à la campagne,
quand même la fortune lui rendrait tout ce qu'il avait perdu.
Il préférait la tranquillité et les
douceurs de la vie champêtre, au
bruit de la ville, aux dégoûts et

aux ennuis qu'on éprouve à la cour, et dont il avait fait la triste expérience. Flavius ne put qu'admirer de pareils sentimens, ainsi que l'amour de Maximius qui préférait une vie simple et modeste auprès de son Eudoxie, à l'état distingué que sa naissance eût pu lui procurer. Il les félicita sur leur mariage, et les quitta en leur laissant l'espoir d'un avenir plus heureux.

Dès que Flavius fut sorti, Bélisaire qui n'attendait que le moment d'aller renouveler à Scipion sa reconnaissance du service qu'il en avait reçu, en parla à Maximius; ils convinrent d'y aller le lendemain, ne s'attendant point à apprendre que Mucius son fils était mort d'une chute de cheval. Bélisaire en fut très affecté, et il fut quelque tems incertain s'ils se feraient annoncer, dans la crainte de réveiller la douleur de Scipion; mais le désir de le consoler, les détermina à le faire prévenir de leur arrivée.

Quoique le chagrin dont il était accablé, lui fît préférer la solitude, dès qu'on lui annonça Bélisaire, il ordonna qu'on le fît entrer dans son appartement. Il y était dans l'obscurité, et il le faisait retentir de ses gémissemens, qui redoublèrent quand il aperçut Bélisaire conduit par Maximius. O Bélisaire ! s'écria-t-il douloureusement, est-il un mortel plus malheureux que moi ? Je viens de perdre mon fils unique, le seul rejeton de la famille des Scipions qui s'était perpétuée si long-tems. Quel coup affreux ! il m'était réservé de voir s'éteindre une famille aussi ancienne !

C'était ainsi que Scipion paraissait plus occupé de l'extinction de sa famille que de la perte même de son fils, Bélisaire, après lui avoir laissé exhaler sa douleur, lui dit : Vous ne pouvez douter, Scipion, de la part que je prends à vos peines, d'après la reconnaissance que je vous dois ; j'aurais désiré venir

plus promptement vous la témoigner; mais je ne l'ai pu, n'ayant
personne pour m'accompagner; et
j'ignorais la perte que vous avez
faite.—Comment? la mort de mon
fils n'était point parvenue jusqu'à
vous? —

Les laboureurs qui habitent près
de nous, ne m'en ont pas instruit,
dans la crainte sans doute de m'affliger et d'aggraver mes douleurs.
—Ah! Bélisaire! que je suis malheureux! Vous ignorez ce que c'est
de perdre un fils unique, sur qui
seul reposait l'espoir d'une famille
illustre.—Il est vrai que je n'ai pas
perdu un fils unique; mais j'ai perdu mon épouse, mes richesses, mes
honneurs et la vue, et je me trouve
réduit à la misère qui serait bien
plus grande, si vous n'aviez pas eu
la générosité de me secourir.—Ce
sont des maux affreux, j'en conviens; mais permettez-moi de vous
dire qu'ils ne sont pas comparables
à la perte que j'ai faite, et à l'ex-

tinction d'une famille comme celle
des Scipions. —

La mienne n'est pas aussi illustre
que la vôtre; mais elle finira éga-
lement avec moi. Les familles de
Régulus, de Fabricius, du grand
Pompée, des César, des Trajan,
des Théodose, et des plus grands
hommes du monde ne sont plus.
Il n'y a rien de permanent sur la
terre. Les villes, les monumens les
plus beaux et les plus solides dispa-
raissent de la surface du globe. Il
est fâcheux, sans doute, que votre
famille n'existe plus ; mais il me
semble qu'au lieu d'en être si affligé, vous devriez vous en consoler en voyant qu'elle a subsisté
beaucoup plus long-tems que celles
de tant de grands hommes. Je me
figure toujours que ma famille a
commencé, et finira avec moi ; et
pour vous, ainsi que pour moi, le
monde finira quand nous rendrons
le dernier soupir. —

Vous avez raison, Bélisaire; souvent un seul mot fait plus d'effet

sur nous que mille raisonnemens,
Vos discours soulagent mon ame,
et je désirerais que vous restassiez
quelques jours près de moi.—Vous
adouciriez le chagrin qui me consu-
me. S'il devait en être ainsi, je serais
ravi de saisir cette occasion de vous
prouver ma reconnaissance ; mais
je crains bien que la compagnie d'un
pauvre aveugle ne vous cause que
de l'ennui. — Ne le croyez pas,
Bélisaire ; ce sera une faveur réelle
que vous m'accorderez , et que je
vous conjure de ne pas me refuser.
— Vous pouvez alors, Maximius,
retourner à la chaumière, et prévenir Eudoxie que je reste avec
Scipion. Ce jeune homme vient
d'éprouver une disgrace comparable à la vôtre ; ses parens l'ont déshérité ; il est fils de Septimius, et il
descend d'une famille de sénateurs. —

O Ciel ! que dites - vous ? le fils
de Septimius ? et il l'a déshérité ?
Votre disgrace et la mienne , Maximius, peuvent se réparer, si vous

voulez accepter mes biens, et porter le nom de Scipion. Dès ce moment, répondit Maximius transporté de joie, je veux m'appeler Maxim. Scipion. Puisse le ciel vous récompenser au gré de mes désirs! Voilà un événement d'autant plus heureux pour moi et pour Eudoxie mon épouse, que j'étais loin de m'attendre à un tel honneur. —Comment? reprit Scipion, Eudoxie votre épouse? Ne m'aviez-vous pas dit, Bélisaire, que vous vouliez la marier avec ce mendiant qui vous servait de guide?

Ce mendiant était Maximius lui-même qui avait pris ce déguisement pour me servir dans ma disgrace, et mériter Eudoxie par la constance de son amour.—Je ne suis plus surpris que vous me l'ayiez refusée pour mon infortuné Mucius. Ah! son souvenir renouvelle toute ma douleur. — Cette perte doit vous être sensible; mais puisque vous déclarez Maximius votre héritier, vous devez faire attention que vous
retrouvez

retrouvez en lui un fils ; et je puis
vous assurer qu'il sera toujours
digne de votre tendresse.—Je l'espère ainsi ; mais puisque vous con-
sentez à rester près de moi, et que
Maximius est marié avec votre fille,
il pourrait venir ici avec elle ; Eudoxie ne souffrirait pas de votre
absence , et j'aurais la satisfaction
de jouir de sa société. — Il en sera
ce que vous voudrez , Scipion ;
vous trouvez toujours le moyen
d'ajouter de nouveaux bienfaits à
ceux que j'ai reçus de vous. — Je
vais sur le champ, dit Maximius,
satisfaire vos désirs.

Il sortit transporté de joie ; il
lui tardait d'arriver pour faire
art à Eudoxie de leur nouvelle
ortune ; mais il ne trouva à la chau-
ière ni Eudoxie, ni sa compagne.
tonné au dernier point, il les chercha dans le jardin et dans le bos-
uet ; il les appela plusieurs fois,
ais inutilement. Il courut à la mai-
on de leurs voisins , où un vieux
aboureur le tira d'inquiétude, en

L

lui disant que Flacile les avait em-
menées avec elle à une ferme royale
où elle était allée voir sa sœur ma-
riée à un des jardiniers du château.

Eudoxie et Domitile persuadées
que Bélisaire ne reviendrait pas
dans la matinée, avaient consenti à
accompagner Flacile qui leur avait
assuré que le château n'était pas
éloigné. Elles ignoraient que l'empereur y fût ; car il avait cessé de
s'y rendre depuis qu'il avait fait
construire un superbe palais sur
le bord de la Mer Noire, dans un
lieu beaucoup plus agréable. Soit
que Justinien ne s'y trouvât que
par hasard, soit qu'il y fût venu
dans l'espérance qu'il pourrait rencontrer Bélisaire, il sembla que la
fortune avait voulu se servir de Flacile pour procurer à l'empereur
l'occasion de réparer son injustice.

Pour se rendre à l'habitation du
jardinier, Flacile et ses compagnes
devaient traverser un bosquet qui
était dans l'enceinte du château.
L'empereur venait de sortir seul,

et se reposait dans ce bosquet. Attiré par le bruit d'une fontaine, il s'était assis sous un frêne, pour respirer la fraîcheur, et se distraire un instant des soins pénibles du gouvernement. Il admirait les beautés de la nature, et il ne pouvait s'empêcher d'envier le sort de ceux qui menaient une vie tranquille. Ayant aperçu les trois villageoises, il résolut de leur parler avec cette familiarité que permettait le lieu où il se trouvait ; il n'avait d'ailleurs aucune marque de distinction qui pût le faire reconnaître.

Où allez-vous donc, jeunes filles ? leur dit-il avec bonté. Vous devez venir de loin, car vous paraissez avoir très chaud. — Nous venons de très-loin, répondit Domitile, et nous allons chez Faustinius, jardinier du château. — Vous ne le trouverez point ; il vient de passer avec sa femme ; mais ils ne doivent pas tarder de revenir. Asseyez-vous ici pour les attendre, et reposez-vous à l'ombre de ces arbres.

L 2

Elles se regardèrent pour savoir quel parti elles devaient prendre, et Domitile fut d'avis de s'asseoir un instant. L'empereur la regardant alors avec attention ainsi qu'Eudoxie, leur dit ; il ne paraît pas que vous soyez des villageoises. —

Si nous ne le paraissons pas, répondit Domitile, nous le sommes cependant, grâce à la fortune qui nous a réduites à cet état honnête et tranquille. — Vous lui rendez grâce de vous avoir réduites à l'état des laboureurs? Je ne vous comprends pas ; qu'étiez-vous donc auparavant ? — Je suis la veuve d'un officier qui servit l'empereur sous les ordres de Bélisaire dans la guerre d'Afrique contre Gélimer, et qui y perdit la vie ; et ma jeune amie est la fille de ce même Bélisaire. — La fille de Bélisaire ? — De lui-même ? — Je ne puis revenir de mon étonnement..... Quel est son nom ? — Eudoxie, répondit cette jeune personne. — Où avez-vous laissé votre père?—Il est allé ren-

dre grâce à un riche particulier qui
l'a secouru dans sa misère.—Il était
donc dans une situation bien pauvre ? — A un tel point que nous
nous sommes vus au moment d'aller mendier notre subsistance. —

Qui eût jamais imaginé qu'un
homme aussi extraordinaire serait
réduit à cet état ? Il faut convenir
que la fortune a été bien injuste
envers lui.—N'en soyez point surpris , répondit modestement Eudoxie. Celui qu'elle comble de ses
faveurs doit toujours s'attendre aux
plus terribles revers.—Vous avez dû
être bien sensibles à la perte de vos
biens et de vos dignités ? — Dans
la pauvreté où nous nous trouvons,
nous ne les regrettons aucunement.
Nous vivons au contraire plus tran-
quilles et plus contens qu'au sein
des grandeurs qui nous ont abandonnés. — Je ne comprends pas
comment vous pouvez vivre plus
contens dans la pauvreté qu'au
sein de l'abondance ; car on dit

que Bélisaire votre père , avait amassé d'immenses richesses. —

— La résignation et la constance dans le malheur suppléent à tout. L'âme peut éprouver dans le dénuement le plus grand une satisfaction plus pure que celle qu'occasionnent les richesses. — Je ne puis cesser de vous admirer. Je doute cependant que Bélisaire s'exprimât ainsi. Que dit-il de l'empereur qui l'a condamné à cet état de pauvreté ? — Je puis vous assurer qu'il ne s'est jamais permis la moindre plainte contre l'empereur. Son ame est trop au-dessus des grandeurs, pour qu'il se plaigne de leur perte. Sa cécité et sa misère le rendent plus respectable dans sa chaumière , que lorsque , la tête ceinte de lauriers et placé sur un char de triomphe , il présentait à l'empereur le roi Gélimer et sa famille. Loin qu'il se plaigne de Justinien , je ne me souviens même pas de l'avoir entendu prononcer son nom. —

C'est un grand effort de vertu, après avoir rendu de si grands services et en avoir été si mal récompensé. J'ai ouï dire que l'empereur l'avait fait priver de la vue. — Cela n'est que trop vrai, mais mon père connaissait trop bien les hommes et l'esprit des courtisans, et sur-tout l'instabilité des choses humaines, pour ne pas prévoir tous les maux dont on pouvait l'accabler. — L'empereur s'était sans-doute convaincu de son crime, avant de le condamner à la perte de la vue et de tous ses biens ? — Rien de tout cela n'occupe mon père, et tous ses désirs se bornent à terminer en paix le reste de sa carrière.

Eudoxie vit en ce moment passer Maximius ; il courait fort vite, et le feuillage l'avait empêché de les apercevoir ; cette jeune personne effrayée de le voir seul, s'écria : Maximius, qu'est-il donc arrivé ? Qu'avez-vous fait de mon père ? Où l'avez-vous laissé ? Ma-

ximius ne l'eut pas plutôt enten-
due , qu'il accourut à elle, et sans
s'occuper de l'inconnu à qui elle
parlait , il s'écria avec tout le
transport de la joie : bonne nouvelle , Eudoxie ! Lucius Scipion
vient de me déclarer son héritier,
à la place de son fils Mucius qu'il
a perdu. Il nous attend dans sa
maison où j'ai laissé Bélisaire votre
père. Depuis que mes parens m'ont
déshérité , il semble que la fortune se plaise à me prodiguer ses
faveurs.

L'empereur étonné de l'arrivée
de ce jeune homme, qui ne ressem-
blait point à un laboureur, quoiqu'il en eût le vêtement, et qui
parlait si familièrement à Eudoxie,
lui demanda pourquoi ses parens
l'avaient déshérité; mais Maximius,
pressé de s'en retourner avec Eudoxie, et ne voulant pas perdre le
tems à satisfaire la curiosité de
l'empereur, qu'il prenait pour un
riche particulier du voisinage, lui
répondit ; cela serait trop long à
raconter,

raconter , et je n'ai pas de tems à perdre. Partons, Eudoxie, car Scipion et Bélisaire nous attendent. — Vous paraissez fatigué , lui dit Eudoxie; reposez-vous un instant. Nous attendons Faustinus et sa femme qui ne doivent pas tarder à paraître. —

Le désir de vous apprendre la nouvelle de l'héritage de Scipion , m'a fait hâter la marche ; il a été dans le plus grand étonnement lorsqu'il a appris que j'étais ce même mendiant qui servait de guide à Bélisaire , et il a été ravi de joie quand il a su que j'étais fils de Septimius et votre époux. L'empereur beaucoup plus surpris encore de ce discours , lui dit : vous êtes le fils de Septimius et l'époux d'Eudoxie ? Vous êtes donc ce même Maximius qui a été emprisonné il y a quelques jours à Constantinople, comme soupçonné d'avoir volé un riche collier de perles? — C'est moi-même , et j'ai été reconnu innocent. — Qu'a-t-on fait de ce collier ? J'ai oui-dire qu'il était d'un grand prix. — Le juge après s'être assuré qu'il appartenait à Eudoxie, le lui a rendu. — L'avez-vous, Eudoxie ? Je serais fort aise de le voir. —

Eudoxie le sortit de sa poche , et le présenta à l'empereur qui , après avoir admiré la grosseur des perles , lui dit : ce collier est réellement très-précieux , et je l'achèterais volontiers , si vous vouliez me le vendre. — Je doute que ce collier soit pour vous, répondit Maximius ; il vaut beaucoup plus que vous ne croyez.— Vous pourriez bien vous tromper , et tout dépend du prix que vous y attachez. Je ne puis l'acheter aujourd'hui, mais si vous voulez l'apporter demain, je vous en donnerai la somme que vous demanderez. Je vous attendrai ici ; si vous voulez un gage de ma parole , prenez cette bourse qui vous aidera à secourir Bélisaire , à la disgrace de qui je prends le plus vif intérêt.

Maximius étonné de la générosité de cet inconnu, le prit pour un au-

tre Scipion, et accepta son offre,
en lui disant : que le ciel récom-
pense votre bonne action ! Je re-
mettrai cette bourse à Bélisaire,
et demain nous vous apporterons
le collier. Eudoxie pénétrée de reconnaissance pour cet inconnu,
voulut lui faire accepter són collier. Gardez-le, je vous prie, lui
dit-elle ; il vous sera un gage de
ma reconnaissance du secours que
vous offrez à mon père. — Non,
non, Eudoxie ; apportez-le demain. Vous me procurerez un grand
plaisir, si vous pouvez amener
votre père ; je serai enchanté de
le connaître, et j'irais moi-même
le voir, si je n'étais retenu par une
affaire de la plus grande importance. Je vous attendrai ici demain
matin.

L'empereur en leur parlant ainsi,
s'éloigna d'eux, car il avait aperçu
de loin Faustinus, et il voulait
éviter qu'il ne le fît connaître. La
sœur de Flacile ne tarda pas à
paraître avec son mari ; mais Maximius ne voulut pas rester plus

long-tems : il lui tardait de retourner à la maison de Scipion.
Il alla d'abord à la chaumière
prendre son char et ses bœufs, et
après avoir fait placer sur le char
Eudoxie et Domitile , ils partirent
pour rejoindre Scipion et Bélisaire
qui furent ravis de leur retour
et de l'heureuse rencontre qu'ils
avaient faite. Bélisaire déclara sur-
le-champ qu'il voulait aller remercier son bienfaiteur qui avait témoigné le désir de le connaître, et
il fut arrêté qu'on partirait le lendemain à l'heure qu'il leur avait
marquée. Eudoxie eut lieu d'être
satisfaite de l'accueil que leur fit
Scipion, qui la pria de regarder sa
maison et ses biens comme les siens.
Elle le remercia de ses bontés qui
diminuaient les malheurs de son
père , et les mettaient tous à l'abri
du besoin.

L'arrivée de ces jeunes époux
soulagea beaucoup la douleur que
causait à Scipion la perte de son
fils : mais , comme ils avaient promis de retourner le lendemain au

bosquet du château, et d'y conduire Bélisaire, il ne put s'y opposer ; il obtint seulement que
Domitile resterait près de lui.

Bélisaire, Eudoxie et Maximius
arrivèrent au bosquet où les attendait l'empereur. Dès que Maximius
l'aperçut, il arrêta ses bœufs, et
descendit pour donner la main à
Bélisaire et à Eudoxie. Justinien fut
vivement touché de voir cet illustre aveugle réduit par lui à une
telle pauvreté, et forcé d'attendre
auprès du char que quelqu'un lui
donnât la main. Il dissimula son
émotion en voyant Eudoxie conduire son père, tandis que Maximius dételait ses bœufs, pour les
faire paître. Dès qu'Eudoxie et Bélisaire approchèrent, il fut le premier à les saluer, et à se féliciter
de leur arrivée.

Eudoxie dit alors à son père que
la personne qui leur parlait était
celle qui les avait si généreusement
secourus la veille. — Je vous re-
mercie, lui dit Bélisaire, de la
générosité dont vous avez usé en-

vers moi sans me connaître, et j'é-
prouve un regret bien grand de ne
point savoir à qui je suis redevable d'un tel bienfait ; puisque ni
Eudoxie , ni Maximius n'ont pu
me dire votre nom , et que ma cécité m'empêche de vous voir, ne
me refusez pas la grâce de vous
nommer. — Il ne vous sert à rien
de savoir mon nom , répondit l'empereur. Il me suffit que vous ayiez
accepté le gage du désir que j'ai
de vous être utile , et que votre
reconnaissance m'ait procuré le
plaisir de vous voir. Je désirerais
infiniment vous connaître, d'après
la réputation que vos victoires vous
ont acquise. —

Ami ! car je ne sais quel autre
nom vous donner, vous voyez ce que
cette célébrité m'a attiré. — Ah !
je le vois ; on ne peut s'empêcher
de convenir que l'empereur a été
bien injuste envers vous. — Il mérite d'être plaint. Les juges ne sont
pas injustes , parce qu'ils condam-
nent un innocent sur les dépositions
des témoins. — Mais il y a des dénon-

ciations qui ont un caractère évident de fausseté ; et je regarde comme telle , l'accusation portée contre vous d'avoir voulu vous approprier l'Italie. — J'ai déjà tout oublié , et rien ne peut m'intéresser désormais que ma fille Eudoxie et Maximius son époux. — Il me semble cependant, que vous devriez avoir plus à cœur votre réputation et la perte de votre fortune. — Si je n'avais pas le sentiment intime de mon innocence , je serais le plus malheureux des hommes; lui seul me soutient ; quant à ma réputation , je ne crois pas qu'elle périsse aussi facilement que vous l'imaginez. —

Je ne veux point parler des victoires que vous avez remportées , mais de l'accusation portée contre vous d'avoir voulu vous approprier le royaume de Vitiges. — Je ne l'ai point fait , cela doit suffire pour prouver que je n'y ai jamais pensé. Il me suffisait certainement pour être roi, de vouloir l'être ; et si Bélisaire ne l'a pas été , c'est parce qu'il ne l'a pas voulu. Bélisaire usur-

pateur, aurait terni sa gloire. —
Vous avez cependant, suivant le
rapport de quelques officiers, dé-
sobéi aux ordres de l'empereur ; il
vous avait mandé de faire la paix
avec Vitiges ; vous avez continué
la guerre, vous avez pris Ravenne,
et fait prisonniers dans cette ville
le roi Vitiges et sa famille. — On
ne m'a pas donné le tems de me
justifier sur cet article. J'étais au
moment de remporter la victoire,
lorsqu'on me remit les lettres de
l'empereur : je fis alors ce qu'un autre général eût peut-être fait à ma
place ; j'attendis, pour ouvrir ces
lettres, que le combat fût terminé. —

Comment se peut-il que l'empereur ait ajouté foi à ces accusa-
tions, et qu'il vous ait condamné
sans vous entendre ? — L'empereur
seul pourrait vous en dire la raison.
— Vous devez conserver un grand
ressentiment contre lui, puisque,
malgré votre innocence, et quoiqu'il ne vous ait point entendu,
il vous a privé de vos dignités, de
vos richesses et de la vue. — Rien

de tout cela ne doit étonner un
homme comme moi qui ai été élevé
par la fortune au plus haut degré
de gloire. Quand on y est parvenu,
on doit s'attendre aux plus grands
revers. Que diriez-vous donc, si
vous saviez que j'ai préféré une con-
damnation certaine, plutôt que
d'employer les moyens qui étaient
en mon pouvoir pour m'y sous-
traire ? —

Vous me feriez grand plaisir de
me donner des éclaircissemens sur
cet article.— Je vais vous les donner, dit Maximius qui, jusqu'à
ce moment, avait gardé le silence :
J'ai su la disgrace de Bélisaire bien
avant son retour à Constantinople,
et Bélisaire en a été instruit peu
d'heures après son arrivée.—Vous
étiez instruit, dites - vous, de la
disgrace future de Bélisaire ? Cela
me paraît impossible, lui dit l'empereur. Comment donc l'avez-vous
sue ?—C'est, répondit Maximius,
ce que personne ne saura jamais,
pas même l'empereur quand il l'exi-
gerait. C'est un secret que me con-

fia un ami , et qui doit mourir avec
moi. — Si l'empereur voulait cependant le savoir, je crois que vous
ne refuseriez pas de lui dire. —

Il y aurait de la bassesse de la part
de l'empereur à vouloir me faire
révéler un secret qui m'aurait été
confié par un ami ; il m'exposerait
à une perfidie et à manquer à ma
parole. — Que dirait l'empereur
s'il vous entendait ? — S'il pensait
comme il le doit, il m'estimerait,
il me regarderait comme un vrai et
fidèle ami. — Je suis du même sentiment, et je ne doute pas que, s'il
entendait Bélisaire, comme je l'ai
entendu moi-même, il ne lui rendît son estime. — Je vous assure,
reprit Bélisaire, qu'il n'y a plus
que cela qui puisse me flatter, car
je n'ai jamais mieux connu le vide
de tous les biens et de toutes les dignités, que depuis que je suis aveugle. Content aujourd'hui dans l'état
où je me trouve, je ne désire point
le quitter, surtout depuis que vous
et Scipion avez adouci mon sort
par vos bienfaits. —

Ce que vous ne désirez pas pour
vous-même, Bélisaire, vous devez
l'ambitionner à cause de votre fille.
Je suis, reprit Eudoxie, aussi con-
tente que mon père de notre nouvel état. Je ne puis cependant nier
que je serais très satisfaite, si l'empereur lui rendait son amitié. —
S'il en est ainsi, je pourrais vous
servir de médiateur.—Vous, médiateur ? — Pourquoi imaginez-
vous que je ne puisse pas l'être ?
— Il faudrait pour cela que vous
jouissiez de la confiance la plus intime de l'empereur. — Mais ne
pourrais-je pas l'avoir, ou trouver
quelque moyen de l'obtenir ? Je
vous ai dit que je désirais acheter
votre collier, et c'est toujours mon
intention ; je veux l'offrir à l'im-
pératrice Théodore. Ne pourrais-
je donc pas intercéder pour votre
père, en faisant connaître son innocence ?

" Je suis très-sensible au désir que
vous témoignez, mais il n'est pas
si facile d'y réussir. — Eh bien, je
vais vous donner des preuves de ce

que je viens d'avancer. Allons à ma maison. Je vous ferai remettre en même tems le prix du collier. Bélisaire, donnez-moi la main. Je suis jaloux de disputer un instant à votre fille le plaisir de vous servir de guide.

— Attendez-donc, dit alors Maximius, que j'attèle mes bœufs ; car je ne veux pas les laisser à l'aventure dans ce pâturage ; et, si votre maison est éloignée, vous pourrez tous monter sur mon char,

— Quelqu'un en prendra soin, reprit l'empereur. Allons-nous en à pied, ma maison est tout près d'ici.

— Je vais alors, dit Maximius, laisser mon char et mes bœufs sur votre parole.

Ils se mirent en marche ; l'empereur conduisait Bélisaire par la main, cherchant à le dédommager, par cet honneur, des maux qu'il lui avait fait souffrir. Il conversait avec lui, et ils étaient suivis d'Eudoxie et de Maximius qui ne se doutaient pas que ce fût l'empereur lui-même. Justinien qui, depuis la veille, attendait Bélisaire,

avait, sans en prévenir ses courti-
ans, tout disposé pour l'honneur
qu'il voulait lui rendre. Arrivés au
palais, Eudoxie et Maximius commencèrent à être surpris des marques de respect que donnaient les
gardes à celui avec qui ils se trou-
vaient; mais leur étonnement re-
doubla quand, en entrant dans le
palais, ils virent les grands qui
couraient à l'envi pour le saluer.

Maximius, reconnaissant alors
l'empereur, trembla en se rappelant la franchise avec laquelle il
avait parlé dans le bosquet. Eudoxie, quoique fâchée de l'avoir traité
avec tant de familiarité, éprouvait
un plaisir bien grand en remarquant
l'honneur qu'il rendait à son père,
à qui il donnait la main. Bélisaire
qui ne voyait rien de tout cela, et
ne savait où il était, continuait de
parler à l'empereur avec la même
familiarité, jusqu'au moment où
Justinien, voyant tous les courtisans rassemblés, leur demanda s'ils
connaissaient cet aveugle. Tous lui
répondirent : oui, seigneur.

A ces mots, Bélisaire s'écria avec
surprise et confusion : Ciel ! où
suis-je donc ? serait-ce l'empereur
qui aurait daigné m'amener ici ?
Eudoxie, Maximius, faites cesser
l'incertitude où je suis. — Oui,
Bélisaire, lui répondit Justinien ;
c'est l'empereur lui-même qui s'est
entretenu avec vous dans le bosquet, qui vous a conduit ici par la
main, et qui a voulu, en présence
de sa cour, vous déclarer innocent,
et réparer autant qu'il est en lui les
maux qu'il vous a faits, en écou-
tant de perfides conseils. Il est bien
doux pour moi, de pouvoir, quoique trop tard, rendre justice à
votre mérite et à votre fidélité.

A peine Bélisaire l'eut-il entendu,
qu'il lui dit en se prosternant à ses
pieds : Seigneur, je suis bien dé-
dommagé de tous mes malheurs,
par l'extrême bonté dont vous venez de m'honorer ; et je consenti-
rais volontiers à éprouver encore
la même disgrace, pour en recevoir
de semblables témoignages. Je ne
crois pas avoir à me repentir des

entimens que je vous ai manifes-
és sans vous connaître. Fort du
espect et de l'estime que je n'ai
essé d'avoir pour votre personne
acrée, j'espère de votre sagesse,
u'elle daignera excuser la fami-
iarité que je ne me serais sûrement
as permise, si je n'eusse pas été
rivé de la vue.——

Relevez-vous, Bélisaire, lui ré-
ondit l'empereur, en le prenant
ar la main; il n'y a rien à par-
onner que l'ordre en vertu duquel
n a privé de la vue le plus illustre
t le plus recommandable de mes
ujets. Plût à Dieu que j'eusse le
ouvoir de vous la rendre aussi
acilement que vos biens et vos di-
nités! Cette perte n'est pas pour
ous seul; elle retombe sur celui
ui vous l'a occasionnée, et sur
ut l'empire. Adressant ensuite la
arole à la fille de Bélisaire : et vous,
ertueuse Eudoxie, vous avez les
lus grands droits à ma générosité.
e me rappelle avec sensibilité le
ésintéressement avec lequel vous
yez voulu me confier votre pré-

cieux collier; j'ai déjà ordonné que
vous fussiez récompensée. Je n'ai
pas, non plus, ajouta-t-il en sou-
riant, perdu de vue les bœufs de
Maximius; qu'il se rassure; la délicatesse de l'empereur le laisse
maître de son secret.

Eudoxie attendrie, rendit grâce
à Justinien de ses bontés pour elle
et pour son père. Maximius se prosterna pour lui demander pardon
de la liberté avec laquelle il lui
avait parlé. L'empereur le fit rele-
ver, et mit le comble à sa bien-
faisance, en déclarant qu'il voulait
que Bélisaire, Eudoxie et Maximius l'accompagnassent à Constantinople, et qu'il avait donné des
ordres pour qu'on préparât la maison de Bélisaire, et qu'elle lui fût
rendue avec tous ses biens et ses
dignités.

Le bruit se répandit bientôt à
Constantinople que Bélisaire et sa
fille devaient y arriver avec l'empereur qui lui avait rendu ses bonnes grâces. Sénateurs et plébéïens,
tous accoururent pour leur témoigner

gner leur joie , et les féliciter sur le
changement de leur sort. Bélisaire et
Eudoxie y furent sensibles , mais
sans s'éblouir sur ce retour de fortune , et sans oublier les maux qu'ils
avaient éprouvés. Le seul Maximius jouissait sans réserve de tous
es honneurs ; son âme était dans
l'ivresse; il ne cessait de se féliciter
d'avoir fait choix d'une telle épouse,
et d'avoir vaincu , par sa constance ,
ous les obstacles qui s'étaient opposés à son amour, qui obtenait en
ce moment , le triomphe le plus
complet.

Scipion et Domitile étaient fort
nquiets de ne point voir paraître
Bélisaire et ses enfans ; ils furent
en proie toute la nuit aux plus
vives alarmes , et ils résolurent
d'aller le lendemain au château,
où ils espéraient rencontrer la
personne qui avait si généreusement secouru Bélisaire. Arrivés au
bosquet , ils apprirent que l'empereur avait rendu son amitié à
Bélisaire et l'avait emmené avec
ui à Constantinople où ils allèrent

N

sur-le-champ. Ils arrivèrent a
moment où Eudoxie écrivait
Domitile pour l'informer de tou
ce qui s'était passé et l'engager
se rendre auprès d'elle. Ces deu
amies se donnèrent de nouvelle
assurances du plus inviolable atta
chement. Cette entrevue ne fu
pas moins touchante de la part d
Scipion, de Bélisaire et de Maxi
mius, que Scipion regardait com
me son héritier. Elle fit trève a
chagrin qu'il conservait de la mor
de son fils. Il éprouvait la plu
vive satisfaction du changemen
de fortune de Bélisaire, et il s'ap
plaudissait de lui avoir témoign
tant d'intérêt durant sa disgrâce.

Il ne manquait plus à Eudoxi
que de voir Maximius recouvre
la tendresse de ses parens. Elle pri
Scipion de vouloir bien être leu
médiateur. Il y consentit volon
tiers, et il se rendit sur-le-cham
à la maison de Septimius, voisine
de celle de Bélisaire. Ils étaien
déjà instruits de l'arrivée de Béli

saire et de leur fils, de son mariage avec Eudoxie, et des bontés,
dont l'empereur l'honorait, ce qui
avait entièrement changé leurs
sentimens ; mais ils étaient trop
honteux de la manière dont ils
avaient traité Maximius, pour témoigner les premiers le désir de
le voir et de l'embrasser.

Scipion leur fit annoncer qu'il
avait des choses très-importantes
à leur communiquer. Ils n'eurent
pas de peine à deviner ce dont il
s'agissait, et ils le firent entrer.
Je sais, leur dit-il, que vous avez
un fils nommé Maximius, que
vous avez chassé de votre maison
et déshérité. Je l'ai accueilli chez
moi ; je l'ai adopté et l'ai déclaré
mon héritier ; il a épousé Eudoxie
fille de Bélisaire ; il est avec eux
dans leur ancien palais, et il a été
très-bien reçu de l'empereur. —
Qui aurait pu le croire ? s'écria
Dantile. — Vous voyez, reprit
Scipion, qu'on ne doit pas si facilement étouffer les sentimens de
la nature. La fortune peut rendre

N 2

ses faveurs à ceux qu'elle a disgra-
ciés, et on doit s'occuper de leurs
vertus plus que de la position mal-
heureuse où ils se trouvent. Vous
avez chassé votre fils de votre maison, parce que vous ne vouliez
pas lui laisser épouser la fille de
Bélisaire réduit à la misère, et aujourd'hui vous lui rendrez avec
empressement toute votre tendresse. —

On peut, dit alors Septimius,
recevoir de telles leçons de celui
qui a daigné accueillir et adopter
notre fils. Votre médiation ne
peut que m'être agréable, et je
suis prêt à vous suivre chez Bélisaire. — Il ne convient pas, Septimius, lui dit Dantile, que vous
vous rendiez à la maison de Bélisaire. Vous êtes père, et vous devez attendre que votre fils vienne
vous demander la grâce qu'il attend de vous. — Ah ! Dantile,
s'écria Septimius ; n'est-il pas
venu nous la demander cette grâce,
et ne la lui avons-nous pas refusée cruellement ? Convenons de

l'empire que la vanité et l'ambition ont eu sur notre ame. Nous
avons chassé et déshérité Maximius
quand il n'était que l'amant d'Eudoxie, et actuellement qu'il est
dans les bonnes grâces de l'empereur, nous sommes jaloux de le reconnaître pour notre fils. Votre
rivalité avec Antonine, avait in-
sensiblement changé mes sentimens et m'avait fait perdre le cœur
d'un père. Avec quelle barbarie
n'ai-je pas traité mon fils quand
il était à mes genoux! ah! quel
plaisir j'aurai à l'embrasser! je ne
puis différer plus long-tems.

Septimius se leva et suivit Scipion, au grand regret de Dantile
qui ne désirait cependant pas moins
ardemment que lui de revoir Maxi-
ximius. Ce jeune homme attendait
avec impatience le résultat du message de Scipion; dès qu'il l'aperçut
accompagné de Septimius, il accourut à eux et se précipita dans
les bras de son père. Septimius le
pressait contre son cœur, et lui
disait : pardonne, mon fils, par-

donne l'excès auquel m'a porté la
vanité; la nature s'y opposait dans
le fond de mon cœur , et elle a
su te venger par mes regrets. Maximius lui répondit en versant des
larmes , qu'il le suppliait d'éloi-
gner de si tristes souvenirs, et de
permettre qu'il se livrât tout entier
au bonheur que lui faisait éprouver le retour de sa tendresse.

Septimius s'excusa de la même
manière auprès de Bélisaire et
d'Eudoxie qui allèrent à sa rencontre , et tout ce qui s'était passé
de part et d'autre fut oublié. Dantile elle-même ne tarda pas à paraître , et à son arrivée, on se
donna réciproquement des assurances d'attachement pour l'avenir.
Eudoxie, peu sensible au retour de
son ancienne grandeur , pouvait à
peine suffire à la joie que lui causait la réconciliation de Maximius
avec ses parens.

Justinien , non content de ce qu'il
venait de faire pour Bélisaire ,
voulut rendre un témoignage pu-
blic à son innocence , et il l'envoya

chercher par deux des principaux
seigneurs de sa cour. Dès que le
peuple en fut instruit, il accourut en foule pour voir cet illustre
aveugle qui recouvrait l'estime et
l'amitié de l'empereur, et pour lui
en témoigner sa joie.

Justinien attendait Bélisaire au
milieu de toute sa cour, et dès
qu'il parut, il lui parla ainsi : fidèle et illustre Bélisaire, il est bien
difficile à celui qui gouverne de se
garantir des insinuations perfides
de ceux qui, abusant de sa confiance, n'ont à cœur que leur intérêt et leurs passions : mais si j'ai
eu le malheur d'être trompé par
des conseillers pervers qui m'ont
fait commettre une injustice et ont
compromis la gloire de l'empire,
je dois aujourd'hui, que je suis instruit de la vérité, reconnaître votre
innocence en présence de mon
peuple, et vous rendre mon estime
ainsi que vos biens et vos dignités.

Seigneur, répondit Bélisaire,
votre incomparable bonté met le
comble à ma reconnaissance. J'ai

toujours fait des vœux pour votre
gloire et pour celle de l'empire.
Ma disgrâce n'a point altéré l'idée
que j'avais de votre justice et de
votre clémence , et je l'attribue
plus à mon mauvais destin qu'à
votre volonté. Désormais Bélisaire
ne regrettera plus la vue:que pourrait-il voir qui le flattât plus que
ce qu'il vient d'entendre?

Si votre cécité, interrompit l'empereur , ne vous permet plus de
commander mes armées , vous
pourrez m'aider de vos conseils.
Bélisaire, instruit par le malheur,
ne soupirait qu'après la tranquillité , et il ne vit qu'avec peine le
nouvel honneur que Justinien voulait lui faire, Il le supplia de le
dispenser de fonctions qui étaient
au-dessus de ses forces , et de permettre qu'il passât à la campagne
le peu de jours qui lui restaient.
Il insita d'une manière si touchante , que l'empereur se vit forcé de
condescendre à ses desirs.

Bélisaire, après lui avoir renouvelé
sa reconnaissance , prit congé de
lui ,

lui et retourna à sa maison au milieu des acclamations d'un peuple
immense qui ne cessait de le féliciter et de célébrer ses vertus. Il
fut reçu avec toutes les démonstrations de la plus vive tendresse par
Eudoxie, par Domitile, par Maximius et par Scipion, à qui il fit
un magnifique présent. Il lui offrit
sa maison à Constantinople, ou celle
qu'il se proposait d'habiter à la campagne, s'il voulait y vivre avec lui.
Scipion n'accepta point son offre;
il préféra retourner dans ses pos-
sessions; mais il lui promit d'aller
souvent le voir.

L'habitation où Bélisaire avait
résolu d'aller finir ses jours, était
située dans un pays charmant sur
le bord de la mer Egée. Avant la
disgrace de Bélisaire, c'était sa
maison de plaisance; il y avait des
jardins immenses remplis de bos-
quets et de statues du plus grand
prix. Quoiqu'il eût d'autres maisons de campagne qui ne le cé-
daient point en beauté à celle-là,

il la choisit de préférence, parce-
qu'elle était plus éloignée de Constantinople. Il borna sa société à Eudoxie, à Domitile et à Maximius.
Ils emmenèrent peu d'esclaves, ne
voulant affecter aucun luxe, après
les malheurs qu'ils venaient d'é-
prouver.

L'amour de Maximius et d'Eudoxie ne fit que s'accroître dans
cette agréable solitude ; et tandis
que les hommes aveuglés par la vanité et par l'ambition se rendaient
dans les villes pour y courir après
des plaisirs trompeurs, ces tendres
époux instruits par les revers, trouvèrent le bonheur à la campagne.
Rien ne manquait à celui d'Eudoxie près de Bélisaire, de Maximius et de Domitile. Exempte de
peines et d'inquiétudes, elle se livra toute entière aux doux sentimens de la nature, de l'amour et
de l'amitié.

Fin du sixième et dernier livre.

GUSMAN,

OU

L'EXEMPLE DES GUERRIERS:

SCÈNE TRAGIQUE,

Dans laquelle il ne se trouve qu'un seul personnage, avec musique dans ses intervalles.

TRADUIT DE L'ESPAGNOL,

Par Toussaint LARDILLON.

A PARIS;

Chez COTTIN, Imprimeur, rue des Postes, Nᵒˢ, 1 et 914.

~~~~~~~~~~~~~~~~~~~~~~~

AN XI. — 1802.

La pièce suivante étant du même auteur et du même traducteur qu'Eudoxie, nous n'avons pas cru faire de tort à l'ouvrage en l'ajoutant à la suite de ce roman.

GUSMAN,

OU

L'EXEMPLE DES GUERRIERS,

SCÈNE TRAGIQUE,

Dans laquelle il ne se trouve qu'un seul personnage, avec musique dans ses intervalles.

Le théâtre représente l'intérieur d'un château ; on voit dans le fond un mur antique avec des créneaux, et un escalier pour y monter.

L'orchestre exécute une marche guerrière et bruyante, on lève la toile ; le bruit de la musique diminue peu à peu, et finit par le plus doux piano.

A

On aperçoit Gusman revêtu d'une armure complette d'azur ; il a l'air pensif et parait immobile sur un banc de pierre à peu dé distance du mur. Aussitôt que la musique a cessé, Gusman, après un moment de silence, commence ainsi avec calme et gravité.

———————

DANS cette confusion de sentimens et d'idées qui m'agitent, dans les tristes et pénibles circonstances qui causent mon indécision, dans ce moment où j'ai réussi à écarter des témoins importuns, cette partie des murs de Tarife, éloignée pour quelques instans du bruit des armes, m'offre un asile tranquille où mes réflexions pourront peut-être soulager ma douleur.

Musique.

(*d'une voix plus forte.*)

Ah malheureux Gusman ! dans le cours de tant d'années de combats, de continuelles fatigues endurées pour la patrie, as-tu jamais éprouvé de pareilles alarmes, de telles angoisses, un semblable tourment ? as-tu jamais compromis l'honneur Espagnol, en montrant de la crainte ou de l'irrésolution ? Ah ! ta position est trop affreuse ; elle seule pouvait amollir ton courage.

Musique.

(*Avec promptitude et énergie.*)

Mais le tems presse ; les circonstances commandent, et sont d'une nature à ne permettre ni feinte, ni délai. Il faut se décider ; il faut

A 2

choisir entre les extrêmes ; il faut
aujourd'hui me couvrir pour jamais de gloire ou d'infamie.

Lentement.

Dieu ! né pourrai-je donc faire
trève à ma douleur ? ne pourrai-je
considérer d'un œil tranquille ,
et l'importance des événemens ,
la difficulté de sortir du danger
qui me menace ? n'ai-je pas promis à mon roi de défendre Tarife
et son château ? mais quoi ! n'a-t-il
donc pour garant de ma foi que la
parole que je lui ai donnée? n'a-t-il
pas aussi cette réputation que je
me suis acquise au milieu des
combats ?

Il se lève.

Chaque jour les hordes ennemies
resserrent de plus en plus cette
place ; mais les soldats de Gusman

ne les craignent point, et ils ne
pourront pas dire que leur chef
les redoute. Que le farouche Ma-
hométan fasse les derniers efforts;
qu'il épuise les rafinemens de sa
cruauté....

Musique plaintive.

*Il s'arrête et reprend d'une voix
abattue par la douleur.*

Mais que dis-je? ce n'est pas la valeur, ce ne sont plus les armes qu'il
emploie contre la Castille et contre moi, il a formé le projet le
plus injuste, le plus cruel; et
l'impie me menace de l'accomplir sous mes yeux. Déjà il prétend
connaître ma résolution dans le
plus court délaï, et pour la pre-
mière fois il m'intimide. Il a trouvé le seul moyen de parvenir à
son but....

Avec tendresse.

Lorsqu'un fils, un fils idolatré, qui n'a pas encore atteint l'âge où la raison fait sentir son empire, un fils qui devait faire la consolation d'une tendre mère, un fils qui devait être l'appui de ma vieillesse et guider mes pas chancelans, gémit dans les fers au milieu des barbares. Malheureux enfant! le Maure exige qu'aujourd'hui même, avant que le soleil ait terminé sa course, je lui livre ces murs; et ce monstre ne craint pas de déclarer que mon refus te coûtera la vie. Fatale résolution! inconcevable atrocité!... Mon malheur sera – t – il donc tel, que je n'en sois pas seulement le témoin, que je n'en sois pas seulement le complice mais, encore la seule et unique cause?

Musique cromatique.

Avec véhémence.

Il ne me reste plus que le choix du crime. Il faut que je me déshonore en livrant la place, ou que j'outrage la nature en sacrifiant mon fils; et mon nom doit être pour jamais livré à l'infamie, ou par la trahison, ou par le parricide....

Musique qui prépare à l'invocation suivante.

Il se met a genoux et s'écrie :

Être éternel pour la sainte religion duquel j'ai tant de fois combattu! ta main bienfaisante daignera-t-elle guider mon âme dans la nuit qui l'environne ? seras — tu donc inexorable , et veux-tu que je n'évite un écueil que pour en trouver un plus affreux ? dissipe

mon aveuglement ; je suis homme
et je sens ma faiblesse ; je m'aban-
donne à toi ; ordonne et j'obéis.
Je n'ambitionne que ta gloire et
celle d'un peuple qui sait braver
les supplices pour la défense de ta
loi.

*L'orchestre exécute un adagio
fort triste, pendant lequel Gusman se promène lentement et
s'arrête à chaque pas, en parais-
sant absorbé par ses réflexions,
ensuite il continue :*

Il faudra donc que les drapeaux
des barbares soient arborés sur les
murs de Tarife, et que l'étendard
sacré soit remplacé par les crois-
sans de l'Afrique ? Je vis encore,
et on commettrait de telles horreurs ! voilà ce qu'exige de moi
cette nation perfide ! O délire !

cette idée seule me fait rougir de
houte. Moi, traître à ma patrie! moi,
parjure envers mon roi, le ciel!.. Je
saurais couronner tous mes anciens
exploits. Je saurai donner un bel
exemple à tant de chefs dont la
valeur et la loyauté connues font
l'espoir de l'Espagne. Tous ces
braves se disputeront-ils la gloire
de briser les fers honteux dont le
superbe Maure nous accable, tandis que Gusman, lâche, abat-
tu, insensible, ne saura ni les
imiter, ni porter envie à leur courage?

Avec force.

Ah! qu'il périsse mille fois,
avant d'être l'opprobre de son nom,
de son pays et de son siècle!

*L'orchestre exécute un presto fu-
rioso , après lequel Gusman
continue.*

A quoi servent en ce moment la
force et la valeur ?...

Avec force et énergie.

Avec tout votre orgueil et l'ap-
pareil de votre puissance, pourquoi,
lâches cohortes , n'attaquez-vous
point ces remparts ? pointez contre
nous mille canons ; épuisez tous
les moyens destructeurs que la fureur de la guerre a pu inventer;
que le feu se montre par-tout ; que
le sang inonde les fossés et l'entrée des portes , rien ne m'intimi-
dera. . . .

Musique.

Mais êtes-vous donc des soldats?
Vous êtes des assassins. Ne pou-

vant soumettre la place , vous és-
pérez triompher du cœur d'un
père ; l'un n'est pas moins difficile que l'autre ; c'est être témé-
raire que d'y prétendre , et vous
n'y parviendrez point, dût-il m'en
coûter la vie. . . .

Musique tendre et plaintive.

Avec attendrissement.

Hélas ! il m'en coûte bien plus ,
celle d'un fils... Terrible senten-
ce !...

Avec fermeté.

Eh quoi ? n'est-elle pas nécessaire ? n'est-elle pas glorieuse ?
Oui sans doute , et j'y persiste. Il
vaut mieux mourir fils d'un héros,
que d'avoir à rougir du déshon-
neur d'un père. Plût à dieu qu'une
telle victime puisse racheter non-

seulement cette place, mais jusqu'au dernier asile, souillé par la
présenée des Sarrasins!...

Musique de deux ou trois mesures.

Je montre en ce moment un
courage qui n'eut pas d'exemple,
et je doute déjà qu'il trouve des
imitateurs.

*Andante brillant et majestueux,
exécuté par des instrumens à
vent.*

Lentement.

A quelles dures extrémités un
devoir rigoureux nous expose !
combien la vertu portée à l'excès
nous égare ! quel est mon aveuglement ! emporté par un zèle indiscret, je m'abuse moi-même. Je
foule aux pieds les lois les plus sa-
crées et qui ne sont point l'ouvrage

des mortels , des lois, qui , dans
le cœur de l'homme et dans celui
de la brute , ont été gravées en
caractères ineffaçables par l'Auteur
de la Nature·

*Vivement et avec une grande
énergie.*

Pour n'être point un traître, je serai donc un bourreau ? et de qui ?
sera-ce d'un barbare ennemi? sera-
ce de quelque grand coupable ?
dis-moi donc de qui, père inhu-
main ! de qui ? dis-le donc.... Tu
n'oses pas même le nommer.

*Musique qui exprime les tour-
mens d'un homme dévoré par
les furies.*

Où espères-tu trouver un asile
où tu ne sois pas poursuivi jusqu'à
ton dernier soupir par l'ombre

plaintive de cet enfant dont le
tendre souvenir, réuni à l'idée des
délices qu'il t'eût fait éprouver, seront un tourment affreux qui te
dévorera sans cesse ? Dans quel
lieu crois-tu pouvoir éviter les
furies vengeresses qui te puniront
du supplice que tu lui prépares aujourd'hui , par un supplice bien
plus terrible et plus durable ? les
remords , les gémissemens , les
fureurs seront le prix de ton forfait.

Musique qui , après avoir expri-
mé les fureurs du désespoir,
finit par représenter l'acteur
plongé dans l'abattement.

Je sens déjà que mon courage
s'affaiblit , et je ne sais comment
le ranimer..... Je crains de ternir
ma gloire par une trahison , et je
la perds à jamais par la plus insigne

cruauté. Quand je cherche la célébrité, puis-je donc perdre de vue
l'affreux moyen qui me la procure?
Ce n'est point là du patriotisme;
c'est de la férocité.

Musique tendre.

Martyr du point d'honneur! Enfant innocent! pourquoi te don-
nai-je la vie, si je veux te la ravir?
Que sont devenues les caresses qui
te furent prodiguées dès le berceau?
O doux charme!... Mille et mille
fois je te pris dans mes bras pour te
couvrir de baisers et rassasier ma
tendresse? Ai-je donc oublié que
ton aimable sourire, tes grâces en-
fantines et tes jeux innocens étaient
mon plus doux délassement des fatigues de la guerre? Ah! sans toi
je n'aurais jamais eu le bonheur
d'embrasser un fils; je n'aurais ja-

mais connu ce que c'est que l'a-
mour d'un père! Je te condamne à
mourir, et j'ose appeler le Maure
un impie! Le sera-t-il plus que
moi, quand j'ai fermé mon cœur
à la raison et à la nature? Que
ferait de plus le tyran de Féz?.. Il
se montrerait peut-être plus sensible, il m'apprendrait à sentir...

Musique plaintive.

Je n'ai consulté que mon orgueil, et il a pu me porter à un
pareil attentat!.... Les regrets ac-
cablans qui d'avance me poursuivent ne suffisent-ils pas pour me
détourner de mon projet? Les doux
accens de la nature, et la voix si
puissante de la conscience n'ont-
ils plus d'empire sur moi? Les bat-
temens de ce cœur qui a entendu
leurs cris et leurs gémissemens, ne
me

e reprochent-ils pas ma cruauté?..
voudrais en vain les éviter, ils
réunissent et me poursuivent par
ut. Où me cacher pour ne pas les
tendre ? Et si je les entends,
mment leur résister ?

Iusique qni peint l'indécision où
il se trouve.

Il est encore tems... Sauvons une
te si précieuse... Respire, cher
fant, respire, et que ton père
eure... Mais n'oublie jamais que
ne t'ai conservé la vie que par
crime.

s'assied dans l'attitude de l'a-
battement ; il reste comme ab-
sorbé, tandis que l'orchestre
exécute un largo tendre et la-
mentable, qni est terminé par
six coups violons, pendant les-

a

quels Gusman se lève, et dit :

Qu'entends-je? Où suis-je? Je
rêve... Je ne me connais plus.. Ma
raison s'égare. Ai-je pu croire que
je révoquerais si facilement un arrêt qui met le comble à ma gloire?
Dois-je exposer l'honneur espagnol
au mépris de cette race insolente?
Je livrerais Tarife? Puis-je donc
céder un bien qui ne m'appartient
pas? Tarife est à mon roi, Tarife
est à l'état; c'est à son maître et
non à celui à qui on en a confié les
clefs, qu'il appartient de la céder à
l'ennemi.

Musique.

Avec lenteur et réflexion..

Malheureux Gusman! ne vois-tu
pas?

Avec promptitude et énergie.

Tout est vu. L'innocent mourra

pour sa patrie ; mon décret est ir-
révocable. Je fus bon Espagnol avant
que d'être père ; et si je ne puis
aujourd'hui être à la fois l'un et
l'autre, que le sang coule, si je dois
sauver Tarife et mon honneur à ce
prix.

L'orchestre exécute un allegro ;
Gusman reprend avec la lenteur
de la réflexion.

Cette action ne m'exposera-t-elle
pas à un repentir bien tardif ?...

Reprenant courage.

Me repentir... Moi ? eh de quoi ?
D'une action qui dans les siècles
les plus reculés fera honneur à mon
pays, et sera le plus beau titre de
ma famille ?... En quoi consiste
donc l'héroïsme de la vertu, si ce
n'est à triompher des sentimens les
plus chers de la nature ? Si je pré-

sente ma poitrine au fer de l'ennemi, il n'est pas jusqu'au moins
brave de mes soldats qui à chaque
instant ne me dispute cet honneur;
leur général doit les surpasser s'il
prétend à la gloire, et le titre de
héros doit lui coûter des sacrifices.

Deux ou trois mesures.

Je suppose que tu vives, aimable enfant, quel seroit ton sort ?
Tu suivrais la carrière des armes,
comme ton malheureux père. Le
fer de l'ennemi terminerait peut-
être ta vie... Si je hâte aujourd'hui
ce fatal moment, je suppose que
tu es mort au milieu des combats.

Musique tendre et plaintive.

Mais, hélas! tu meurs captif; tu
meurs dans l'âge le plus tendre,
seul et sans défense... Tu rends le
dernier soupir sans pouvoir tourner

tes yeux abattus sur tes malheureux parens ; tu ne les verras point se presser autour de ton lit de mort, et regretter de ne pouvoir expirer avec toi...

Musique.

Ah ! c'en est trop.... Cesse de m'attendrir...

Musique, après laquelle quittant le ton de l'affliction et de la tendresse, il revient à lui et continue avec tranquillité.

Dans quel moment ai-je pu lui destiner un sort aussi cruel ? C'est l'instant où j'espérais en faire un guerrier dont la valeur ferait trembler l'Afrique, et rendrait à l'Espagne les plus signalés services.... Mais pourrait-il lui en rendre jamais un plus grand et un plus important ?...

Musique brillante.

Heureux enfant! mille fois heureux! tu surpasses dans un âge si tendre les plus anciens guerriers qui, après avoir soutenu mille combats et bravé mille dangers, ont couronné leurs exploits en faisant à la patrie le sacrifice de leur vie... Si la faiblesse de ton âge te permettait de réfléchir, tu ne pourrais ambitionner une fin plus glorieuse. Oui, toi-même, plein d'une héroïque audace, tu prononcerais ta mort, ou tu ne serais pas mon fils, tu ne serais pas Gusman... Ne redoute pas l'instant fatal? je suis ton père, et je te porte envie...

Musique.

Mais sera-ce toi qui recueilleras le fruit du plus affreux martyre?... Ce sera ton père, si toutefois on

peut donner un nom si doux et si
sacré à un monstre inflexible qui
d'un œil serein et n'ayant pas même la pudeur de déguiser sa joie ,
ne songeant qu'à rassurer sou
amour de la gloire, attend l'instant
où du haut de ces remparts , il doit
voir couler ton sang.. Je dis le tien...
Eh non , le sien propre , comme s'il
lui étoit tout-à-fait inconnu... Qui?
Lui? Il pourra le voir et y consentir ?...

Avec résolution et fermeté.

Il le pourra , s'il est sensible à
l'honneur, s'il est intrépide , s'il
est loyal et bon citoyen.

L'orchestre exécute un adagio
grave , après lequel Gusman
continue.

Un père qui s'est rendu illustre,
laisse à son fils en mourant, ses

grandes actions comme le plus bel
héritage ; et moi je recueillerai le
prix de celle de mon fils... Je sens
que cette victime m'est bien chère ;
mais je sens aussi que je l'offre à
l'honneur, à l'état, au Dieu que
j'adore.

Consommons notre ouvrage, et...

*Le bruit d'une trompette se fait
entendre au loin dans l'intérieur ; Gusman en est étonné,
et après une courte pause, il
continue :*

Qu'entends-je ? L'instant décisif
est-il donc arrivé ?

Il paraît troublé.

Je n'en saurais douter. Cette
trompette qui retentit au loin, c'est
un appel... c'est un avis.. c'est un
nouveau message que le Maure
m'envoie.... Il me reproche mes
délais

délais, il vient m'intimer ses ordres. Déjà il est impatient de connaître ma résolution.

Avec courage.

Il peut être assuré qu'elle sera prompte et qu'elle sera terrible.

La trompette se fait encore entendre.

Encore un avis ! Dieu ! Je perds le tems en réflexions tardives, et je ne m'aperçois pas que le délai fixé touche à son terme.

Musique.

Il regarde de tous côtés.

Déjà le soleil a terminé sa course... Déjà les ombres de la nuit s répandent sur la nature...

A l'instant, un officier Maure apporte à Gusman une lettre du général ennemi ; Gusman ne l'a

B

*pas plutôt lue, qu'il se dit à lui-
même avec fermeté.*

Je ne puis plus différer.... Je
mourrai de honte si je livre la place ; je mourrai de douleur si je sa-
crifie mon fils, mais l'honneur m'ac-
compagnera dans la tombe....

*Il s'écrie avec force, en apostro-
phant le général ennemi comme
s'il était présent.*

Barbare ! s'il te manque un poignard, je te donnerai le mien ;
Gusman ne pourroit sans rougir
voir son sang anoblir tes armes.

*Il fait signe à l'officier ennemi de
se retirer.*

Il tire son coutelas.

Que ce fer, qui triomphe toujours de l'ennemi, soit l'instrument
de ma plus grande victoire.

Musique.

*Il fait quelques pas de l'un des
côtés du fond du théâtre, et crie
en fe ant signe avec un mouchoir.*

Courage mes amis !... Répondez
à l'appel du camp maroquin...

*Après un moment de silence, une
trompette se fait entendre de si
près, qu'on juge facilement que
c'est de l'intérieur de la forte-
resse, et cet appel est précé é
d'un bruit redoublé de timballes.*

Musique.

Avec tranquillité.

Je suis ferme dans ma résolution....

*Sur le champ avec l'emportement
de la fureur.*

Mais pourquoi dans mon désespoir ne pas diriger ce poignard

contre moi-même ? je terminerais mon affreux supplice....

Musique.

Il laisse tomber son coutelas.

Que dis je ?.... je m'égare.... j'ai recours aux moyens des âmes faibles !... quel est donc le trouble de mon âme ?... Ah! je montrerai un bien plus grand courage en survivant à un fils dont la mort détruit mes plus chères espérances... quel était mon dessein ?... de commettre un plus grand crime que celui que je voudrais éviter....

Il remet son coutelas dans le foureau.

Je sens renaître mon courage... montons sur le rempart.

Tandis qu'on exécute une marche guerrière, Gusman monte avec fermeté l'escalier du rempart, et se tournant du côté de la plaine, il s'écrie avec force :

Approche et écoute, perfide, chef des orgueilleux Arabes... ta menace ne pourra te soumetre cette place... j'armerai moi - même ton bras pour assouvir ta rage sur ton malheureux captif.... Que cette action t'épouvante, qu'elle t'a- prenne à connaître le défenseur de Tarife. Tu as eu cette conquête facile ; mais tu dois perdre tout espoir. Lève le siége ; redoute no- tre valeur ; et que ce poignard soit ma réponse à ton insolente audace.

Il jette son coutelas dans le camp ennemi, et sur-le-champ com- mence un adagio ort lent, pen- dant lequel il descend éperdu et faisant des signes d'horreur.

*Il fait quelques pas mal assurés,
et il poursuit en changeant de
ton suivant les divers sentimens
de terreur , d'abattement , de
courage , de tendresse et de
douleur qu'expriment ses paroles.*

Le sort est accompli... Mais pourquoi frémir en ce moment? Ah!
c'est avec raison , mais trop tard,
que je m'abhorre moi-même...!
J'éprouve un trouble .. une défail-
lance... je ne me connais plus... où
trouver des secours contre mon désespoir ?

Musique.

Reprenant ses esprits.

Avoir eu tant de courage, et
montrer tant de faiblesse ! Me re-
pentirais-je du parti que j'ai pris ?
Non, je l'admire et j'y persiste...

Musique.

Mais je suis père... Ah ! que dis-je ? je le fus. . Pourquoi retenir mes larmes?... Le sang a aussi ses droits;...et quand j'ai tout fait pour mon pays, je puis bien accorder quelque chose à la nature...

Musique.

O mon fils, cher objet de ma tendresse ! Où es-tu ? Ne puis-je donc te montrer ma douleur ? Je vois couler tes pleurs, j'entends tes cris, tes gémissemens retentissent jusqu'au fond de mon cœur... comment cacher ton sort à ta tendre mère ? toute sa vertu lui suffira-t-elle pour supporter un pareil malheur?. . Mais quel est ce mouvement, quelle est cette force irrésistible qui, malgré moi, m'entraîne

vers ce rempart?..Ce n'est pas sans
motif que mes pas m'y conduisent.
Je suis impatient , je brûle de connaître l'effet qu'a produit ma réponse...

Musique de trois ou quatre mesures
qui peint son idécision.

L'incertitude est trop cruelle ,
et je me sens le courage de m'assurer enfin du plus grand des malheurs.

Il monte sur le mur, tandis que l'orchestre
exécute un largo ort triste avec sourdine
et flutes, il observe avec des marques
de douleur ce qui se passe dans le camp
ennemi , jusqu'à ce que. saisi d'horreur
et se couvrant les yeux de ses deux
mains , il tombe sur le banc qui est au
bas du mur , et il dit d'une voix souvent
entrecoupée par ses sanglots , et accom-
pagnée par la musique :

Affreux spectacle !...·Dieu!...
qu'ai-je vu?... Cher et malheureux

enfant !... Ta tête inclinée et tes
mains chargées de chaînes... ton
cœur offert au bourreau... le coup
fatal qu'il te porte... Ton agonie...
mon propre poignard... tes membres ensanglantés... j'ai tout vu...
et je respire encore?... Ah! ce n'est
plus vivre.... Ame innocente qui
habites le céleste séjour, prie le con-
solateur des humains qu'il daigne
jeter un regard de bonté sur ton
malheureux père !

*Avec l'accent et la démonstration
de la plus vive douleur.*

Et que..La voix... me manque...
O ma patrie!... je cède à ma douleur..... mais non à tes ennemis.

Il tombe et on baisse la toile.

F I N.